Bianca

EL BESO DEL JEQUE
Sharon Kendrick

Editado por Harlequin Ibérica.
Una división de HarperCollins Ibérica, S.A.
Núñez de Balboa, 56
28001 Madrid

© 2018 Sharon Kendrick
© 2019 Harlequin Ibérica, una división de HarperCollins Ibérica, S.A.
El beso del jeque, n.º 2706 - 12.6.19
Título original: Crowned for the Sheikh's Baby
Publicada originalmente por Harlequin Enterprises, Ltd.

I.S.B.N.: 978-84-1307-740-6
Depósito legal: M-13468-2019
Impresión en CPI (Barcelona)
Fecha impresion para Argentina: 9.12.19
Distribuidor exclusivo para España: LOGISTA
Distribuidor para México: Distibuidora Intermex, S.A. de C.V.
Distribuidores para Argentina: Interior, DGP, S.A. Alvarado 2118.
Cap. Fed./Buenos Aires y Gran Buenos Aires, VACCARO HNOS.

Prólogo

Esperamos que todo esté a su entera satisfacción.

Kulal esbozó una cínica sonrisa. ¿Cuándo algo en la vida lo satisfacía a uno por completo?

Estrujó la nota escrita a mano, uno de los numerosos toques personales de aquel lujoso complejo hotelero de Cerdeña, la tiró a la papelera y se dirigió a la terraza.

Inquieto, contempló el horizonte preguntándose por qué su corazón no experimentaba alegría alguna y el sol lo dejaba frío. Acababa de hacer realidad la ambición de su vida de reunir a los mayores magnates del petróleo del mundo. Le habían dicho que sería imposible hacer coincidir las agendas de hombres tan poderosos. Había demostrado que se equivocaban. Le gustaba desafiar las expectativas de los demás desde el día en que su hermano mayor había renunciado a su herencia y lo había dejado gobernar.

Había trabajado día y noche para conseguir que la reunión se llevara a cabo, para convencer a los asistentes, con su seductora labia, de que había que buscar nuevas fuentes de energía, en vez de seguir dependiendo de los combustibles fósiles. Reyes y jeques habían estado de acuerdo. Lo habían ovacionado después de su discurso de inauguración. Le quedaban pocos días para rematar los últimos detalles del acuerdo y lo iba a hacer en un lugar semejante al paraíso.

Sin embargo, se sentía…

Suspiró. Desde luego, no estaba ebrio de gloria, como lo estarían otros en su situación, y no sabía por qué. A los treinta y cuatro años, muchos creían que se hallaba en su mejor momento físico e intelectual. Se lo consideraba un gobernante justo, aunque autocrático a veces, y gobernaba un país próspero. Tenía algunos enemigos en la corte, ciertamente, hombres que hubieran preferido que el rey fuera su hermano mellizo, porque lo consideraban más maleable. Pero todos los gobernantes debían enfrentarse al descontento. No era nada nuevo.

Entonces, ¿por qué no daba puñetazos de alegría al aire? Tal vez había trabajado tanto que había descuidado sus necesidades corporales más básicas. Hacía meses que no prestaba atención a su legendaria libido, desde que había terminado con su última amante, que había anunciado la ruptura de manera oficial llorando en una entrevista para una de esas revistas del corazón que llenaban de estupideces la cabeza de las mujeres. Como consecuencia, su nombre había salido de nuevo disparado al primer puesto en las listas de solteros más cotizados, lo cual resultaba paradójico, ya que huía del matrimonio como de la peste, por muy decidida que estuviera una mujer a casarse.

Bostezó. Su relación con aquella modelo internacional había durado un año, todo un récord para él. La había elegido, no porque fuera rubia, de largas piernas y supiera hacer maravillas con la lengua, sino porque le pareció que aceptaba lo que él toleraba en una relación y lo que no. Desde el principio le había dejado claro que no iba a ponerle un anillo en el dedo, que no deseaba formar una familia ni tener un compromiso a largo plazo. Le había prometido sexo, diamantes y un lujoso piso, y lo había cumplido.

Pero ella quería más, como hacían siempre las mujeres: sangrarlo a uno hasta el final.

Contempló los barcos balanceándose en el Mediterráneo y pensó en lo distinto que era aquel mar tan ajetreado del tranquilo mar Murjaan, que lamía la costa este de su país. Pero todo allí era distinto: las vistas, los olores, los sonidos, las mujeres tomando el sol en minúsculos bikinis… Uno de sus ayudantes le había dicho que las tumbonas que estaban justo debajo de la suite que ocupaba él eran las primeras que se ocupaban, probablemente por quienes querían ver al rey de Zahristan. Kulal hizo una mueca de desprecio. ¿Se imaginaban ellas, como otras muchas, en el papel de reinas? ¿Creían que iban a tener éxito donde tantas habían fracasado?

Observó a las mujeres que había debajo de él y no sintió ni una chispa de excitación al contemplar sus cuerpos medio desnudos. Pensó que parecían trozos de pollo untados de aceite, a punto de ser puestos en la barbacoa.

Entonces la vio. Se puso tenso y entrecerró los ojos mientras el corazón le latía con fuerza.

¿Había captado su atención porque llevaba más ropa que el resto mientras cruzaba la terraza con una expresión de ansiedad en el rostro? De hecho, llevaba el uniforme del hotel, un vestido amarillo que se tensaba en sus voluminosos senos y se ajustaba a la curva de sus nalgas. Pensó en lo natural y sana que parecía con el cabello castaño recogido en una cola de caballo.

Pero era una empleada del hotel, y acostarse con las empleadas no era buena idea.

Suspiró levemente mientras se alejaba de la terraza.

Lástima.

Capítulo 1

HANNAH, no te pongas nerviosa. Solo te he dicho que quiero hablar contigo del jeque.

Hannah intentó sonreír al mirar a *madame* Martin con la supuesta expresión de una camarera de hotel con mucha experiencia. Aquel empleo era una gran oportunidad para ella, de las que no se le presentaban a menudo. ¿Acaso no se habían muerto de envidia todas las camareras del Granchester de Londres al saber que se había elegido a Hannah para trabajar en el lujoso hotel de la cadena en Cerdeña porque andaban escasos de personal? Pensaba que la envidiarían aún más si supieran que se alojaba allí el jeque Kulal al Diya, un rey multimillonario al que todos en aquella isla del Mediterráneo consideraban un dios del sexo.

Salvo ella.

Solo lo había visto un par de veces, pero la había aterrorizado con su aire meditabundo y la manera en que miraba con aquellos ojos negros rasgados, que la había hecho sentirse rara. Sus senos se habían alarmado al verlo la primera vez y los pezones habían estado a punto de reventarle el sujetador. Y había querido retorcerse, a causa de un deseo desconocido, cuando su mirada de ébano la había examinado. Por una vez, había perdido el control, lo que la había hecho sentir muy incómoda, ya que le gustaba tenerlo todo controlado.

Se frotó las manos sudorosas en el uniforme, lo cual atrajo la atención de *madame* Martin a sus caderas. La francesa frunció el ceño.

—*Tiens*! —exclamó—. El vestido te está un poco apretado, *n'est-ce pas*?

—Es el único que tenían que me estaba bien, *madame* Martin —dijo Hannah a modo de excusa.

La elegante mujer, encargada del personal doméstico del hotel L'Idylle, enarcó unas cejas perfectamente depiladas y suspiró resignada.

—Las inglesas sois… ¿Cómo decirlo? ¡Grandes!

Hannah siguió sonriendo porque, ¿quién era ella para contradecir a *madame* Martin? Era cierto que ella no estaba tan delgada como las mujeres del continente. Le gustaba comer, tenía buen apetito y no iba a disculparse por ello. Como muchas otras cosas en su infancia, las horas de comer habían sido impredecibles, y eso no se olvidaba fácilmente. No había olvidado el hambre royéndole el estómago. No le hacía ascos a la comida, desde luego, a diferencia de su hermana, que pensaba que comer era una pérdida de tiempo.

Sin embargo, no iba a preocuparse por su hermana ni por lo mal que lo pasaron en la infancia. ¿No se había lanzado, por eso, a aprovechar aquella oportunidad, a pesar de que nunca había salido de Inglaterra? Había decidido comenzar a vivir de modo distinto, y lo primero que iba a hacer era dejar de preocuparse por su hermana pequeña. Tamsyn ya era mayorcita, solo dos años menor que ella, y capaz de arreglárselas sola, lo que no iba a suceder si ella seguía sacándola de apuros cada vez que se metía en problemas.

Recordó que debía pensar en sí misma y centrarse en la increíble oportunidad de trabajar durante unos meses en aquel paraíso sardo.

–¿De qué quería hablarme, *madame* Martin?

La mujer sonrió.

–Trabajas muy bien, Hannah. Por eso te mandaron de nuestro hotel de Londres aquí. Después de haberte observado, apruebo completamente su elección. Da gusto ver cómo doblas las sábanas.

–Gracias.

–Eres callada y discreta. Te mueves como un ratón. Digamos que nadie se da cuenta de tu presencia en una habitación.

–Gracias –repitió Hannah, aunque esa vez no estaba segura de que se tratara de un cumplido.

–Por eso, la dirección ha decidido darte una nueva responsabilidad.

Hannah asintió, ya que eso estaba bien.

–¿Qué sabes del jeque Kulal al Diya?

Hannah trató de sonreír, pero se le hizo difícil porque un escalofrío le recorría la columna vertebral.

–Gobierna Zahristan, uno de los mayores productores de petróleo del mundo, pero busca fuentes de energía alternativas. Al personal del hotel se nos informó sobre él antes de que llegara.

–Muy bien. Ha sido él quien ha organizado este congreso internacional que ha traído a tantos prestigiosos líderes al hotel y ha ayudado sobremanera a dar publicidad a nuestra nueva sala de congresos.

–Sí, *madame* Martin –dijo Hannah, sin saber adónde quería llegar.

—Puede que también sepas que mucha gente intenta acercarse a él, ya que es un hombre muy influyente.

—Seguro que sí. Pasa lo mismo en el Granchester de Londres: cuanto más poderoso es el huésped, más gente quiere conocerlo.

—Sobre todo si el hombre en cuestión está soltero y es muy guapo. Pero Su Majestad no desea ser el centro de la atención que siempre atrae alguien de su posición. Por eso, de vez en cuando prefiere viajar con un séquito muy reducido, lo que, por desgracia, lo hace más accesible al público. Anoche, por ejemplo, una famosa heredera intentó sobornar a sus guardaespaldas para acercarse a su mesa.

Hannah se estremeció.

—¿Hubo una escena?

—Me temo que sí, y L'Idylle no tolera esa clase de cosas. Por eso, durante el resto de su estancia, el jeque tiene la intención de acabar su trabajo recluido en su suite, que, desde luego, es lo bastante grande para adecuarse a sus necesidades. Y esa es la razón de que te hayan designado para trabajar exclusivamente para él.

Hannah se mostró confusa.

—¿Se refiere a hacerle la cama y cambiarle las toallas?

—Por supuesto, pero también le servirás las comidas y te asegurarás de que siempre haya bebidas y aperitivos para sus invitados, de que los floreros estén llenos de agua, de ordenar la suite cuando él salga y de que nadie entre en ella sin autorización. Aunque las medidas de seguridad del hotel son eficaces, no existe la seguridad total. Pero si hasta se han colado intrusos en el palacio de Buckingham, ¿verdad? ¿Te ves capaz de hacer lo que te pido, Hannah?

La reacción instintiva de Hannah fue negarse, alegar que solo era una camarera, que no estaba tan segura de sí misma como para servir a un rey del desierto y que era algo más que una limpiadora para dedicarse a llenar los floreros de agua.

—¿No hay nadie que quiera hacerlo? ¿Alguien con más experiencia?

—Claro que sí. Estoy segura de que habría una cola de empleadas de aquí a Cagliari, la capital, pero ninguna posee tus características, Hannah. Eres una joven con la cabeza sobre los hombros que no se dejará seducir por el brillo de unos ojos negros y por un cuerpo que hace estremecerse a las mujeres.

Madame Martin se percató de repente de lo que decía, recobró la compostura y miró a Hannah con gravedad.

—¿Aceptas la tarea? ¿Puedo informar favorablemente a tus superiores de Londres?

Hannah tragó saliva al darse cuenta de que iba a resultarle imposible negarse. Un ascenso temporal era bueno, sin lugar a dudas, la oportunidad que esperaba de que le subieran el sueldo; una subida que le posibilitaría comprar un pisito algún día, tener un hogar propio y, por fin, echar raíces.

—¿Lo harás, querida? —preguntó *madame* Martin con amabilidad.

Hannah tragó saliva de nuevo para deshacer el nudo que tenía en la garganta al tiempo que se preguntaba por qué reaccionaba de forma tan estúpida cuando alguien le hablaba de manera afectuosa.

¿Porque no estaba acostumbrada o porque desconfiaba?

Asintió y trató de sonreír.

–Será un honor, *madame* Martin.

–Muy bien. Entonces, ven conmigo para que te enseñe la suite de Su Majestad.

Hannah la siguió por anchos pasillos con vistas al puerto. El cielo era de un intenso azul. Todos los días eran iguales, como la perfecta ilustración de un libro. No había llovido en aquel paraíso desde su llegada, y a veces le costaba creer que estuviera allí.

¿Quién se lo habría imaginado? La humilde Hannah Wilson viviendo en un complejo hotelero de lujo en Europa; la huérfana sin raíces que siempre había tenido que ingeniárselas con lo que había trabajando en un hotel de lujo, donde se alojaban príncipes y magnates, ricas herederas y estrellas de cine. Y un jeque.

¡Un jeque para el que trabajaría en exclusiva!

–Debes seguir siendo discreta –dijo *madame* Martin–. Cuando llegue el jeque a la suite, le preguntarás qué desea y lo obedecerás inmediatamente.

–¿Y si no desea nada?

–Te irás rápidamente y esperarás instrucciones. Te han trasladado a una habitación de empleados en el mismo pasillo que la suite. ¿Puedo confiar en ti, Hannah?

–Sí, *madame* Martin.

–Otra cosa –la francesa susurró como si estuviera conspirando–. El jeque es famoso por ser un hombre de gran, cómo decirlo, apetito.

–¿Le gusta comer?

–No, no me refiero a eso –respondió *madame* Martin negando con la cabeza con impaciencia–, sino a que puede que tenga invitadas y, si tienes que relacionarte con ellas, trátalas como si fueran princesas, que probablemente sea lo que ambicionen –concluyó con una risa seca–. ¿Está claro, Hannah?

–Sí, *madame* –contestó ella mientras se montaban en el ascensor. *Madame* Martin introdujo una tarjeta que daba acceso al lujoso ático, al que llegaron en unos segundos. Hannah vio a dos hombres corpulentos, con cara de póquer, a cada lado de la puerta de entrada y parpadeó. ¿Esos bultos de sus bolsillos serían pistolas? Supuso que sí. De pronto se dio cuenta de en qué se había metido y sintió un escalofrío de aprensión.

–*Voilà*! Ya hemos llegado –dijo *madame* Martin–. Vamos.

Madame Martin llamó a la puerta, sin obtener respuesta, la abrió y entró. Hannah creía estar preparada para cualquier cosa: bailarinas, un harén… o una habitación llena de humo en la que se jugaba a las cartas apostando muy fuerte.

Sin embargo, no estaba preparada para lo que tenía delante de los ojos: al jeque en persona. Después de lo que le había contado *madame* Martin, no la habría extrañado verlo tumbado medio desnudo en uno de los suntuosos sofás de terciopelo, mientras una preciosa joven le aplicaba olorosos aceites, ni que llevara una túnica dorada que se balanceara al andar.

En realidad, estaba sentado a un escritorio que daba a una de las numerosas piscinas del hotel y no había ninguna túnica dorada a la vista. Llevaba pantalones oscuros y una camisa de un azul tan claro que parecía blanco, con los dos botones superiores desabrochados y las mangas subidas. Hannah percibió todo eso de forma automática, tal vez como un mecanismo de defensa, como si describir lo más común en él la fuera a proteger del impacto que la mirada de sus ojos negros le causaba.

Porque su rostro no era nada común. Era, indudablemente, uno entre un millón. Un rostro inolvidable, con aquellos pómulos altos y el cabello que brillaba como el alquitrán al sol. La piel aceitunada de sus facciones de halcón desprendía salud y vitalidad, y su barbilla era indiscutiblemente arrogante.

Pero eran los ojos lo que más atractivo resultaba. Ella se los había visto a distancia, pero, de cerca, eran inquietantes; más que inquietantes. Hannah tragó saliva. Eran duros, miraban sin pestañear, negros como el carbón. Y la miraban como si tuviera la nariz sucia o las axilas manchadas de sudor.

Hannah se removió, incómoda, bajo la intensidad de aquella mirada y comenzó a sacudirse el uniforme con las manos como si tuviera polvo

–Siento mucho molestarlo, jeque Al Diya –dijo *madame* Martin con suavidad–. Pero como nadie ha respondido cuando he llamado a la puerta, he supuesto que no había nadie.

–No le he oído llamar. Si lo hubiera hecho, le habría dicho que me dejara en paz –replicó el jeque agitando la mano con impaciencia para indicar la montaña de papeles que había frente a él–. Como ve, estoy ocupado.

–Desde luego, Majestad. ¿Quiere que volvamos en otro momento?

Kulal dejó la pluma en el escritorio y examinó a las dos mujeres: la matrona francesa, demasiado delgada, y la curvilínea camarera a la que había visto cruzando la terraza unos días antes. Hubiera preferido que no lo interrumpieran, ya que se hallaba en un estado muy delicado de la negociación. Pero, de repente, el tema de la energía solar se evaporó al ver que la camarera con cola de caballo se estiraba el uniforme.

¿Era un gesto inconsciente para atraer su atención a sus anchas caderas y sus abundantes senos? ¿O era deliberado? En cualquier caso, había dado en el blanco. Era indudable que ella sabía que su cuerpo iba a revolucionarle las hormonas, que era lo que, de forma muy inconveniente, le estaba sucediendo. Notó tirantez en la entrepierna al imaginarse trazando un lento recorrido con la lengua por aquellos magníficos senos.

Durante unos segundos maldijo a la Madre Naturaleza porque, ¿no eran todos marionetas de su necesidad de perpetuar la especie? Esa era la razón que subyacía a su instinto de poner en posición horizontal a la camarera lo más rápidamente posible, antes de embestirla con su masculinidad.

Esperaba hallar en sus ojos un desafío cómplice, ya que nunca había conocido a una mujer que se le resistiera a los pocos minutos de verlo. Pero la humilde camarera había bajado la cabeza, con las mejillas coloradas como una rosa, y examinaba con atención la alfombra persa.

No era habitual, reconoció él mientras se recostaba en la butaca.

—Ya que me han interrumpido —dijo con acidez— dígame a qué han venido.

—Iba a mostrarle a Hannah su suite, Majestad.

«Hannah». Era un nombre corriente, pero le gustaba.

—¿Para qué?

—Debido al enorme interés que su presencia ha despertado, y tras la desafortunada escena de anoche en el restaurante, hemos pensado que sería preferible que tuviera una camarera privada durante su estancia, dado que Su Majestad ha venido acompañado de un reducido séquito.

–¡Porque no quiero cargarme con la molesta acumulación del séquito de la corte! –le espetó Kulal–. Pruebe usted a viajar con mil quinientas toneladas de equipaje, como hacen algunos de mis vecinos del desierto. Llenaría todo el complejo hotelero con mis empleados y no habría sitio para nadie más.

–En efecto. Me imagino su aversión a esa pesadilla logística, Majestad –respondió *madame* Martin con diplomacia–. Por eso, uno de sus ayudantes nos ha pedido una camarera personal y hemos designado a Hannah, que, de ahora en adelante, estará exclusivamente a sus órdenes.

Kulal estaba acostumbrado a ese lenguaje: «órdenes», «exclusividad».

Palabras de posesión y control, adecuadas para un jeque. Pero habían adoptado un inesperado matiz erótico al aplicarlas a la camarera que tenía frente a sí y que seguía mirando la alfombra, con los hombros tensos. Si su lenguaje corporal indicaba algo era que no se sentía tan honrada como debería por su repentino ascenso. Y, a pesar de que él sabía que confraternizar con el personal era mala idea, tuvo que reconocer que esa inesperada reacción le resultaba emocionante.

–¿Qué te parece trabajar para mí, Hannah? –preguntó con suavidad.

Ella alzó la cabeza y a él le sorprendió el color de sus ojos. Eran azules como las aguamarinas que su madre solía llevar en el cuello, joyas caras que su padre le regalaba para tratar de compensar sus frecuentes ausencias. Como si unos cristales pudieran compensarlas. Pero su madre era débil y manipuladora, dispuesta a poner sus necesidades por encima de las de sus hijos. Kulal apretó los labios al tiempo que desechaba los desagradables recuerdos para escuchar la respuesta de la camarera.

—Estoy contenta de poder servirle en todo lo que pueda, Majestad.

Pronunció las palabras como si se las hubieran enseñado, y tal vez lo hubieran hecho. Kulal asintió y volvió a agarrar la pluma.

—Muy bien —dijo mientras tomaba uno de los documentos—. Pero no me molestes de ninguna manera. ¿Has entendido?

—Sí, Majestad —respondió ella en el mismo tono consciente de sus deberes. Kulal casi se sintió decepcionado cuando ella hizo una reverencia y se marchó rápidamente, como si estuviera deseando alejarse de él.

Capítulo 2

NO ME molestes». Esa había sido la única instrucción del jeque al enterarse de que trabajaría para él, pero Hannah se preguntó cómo reaccionaría el poderoso Kulal al Diya si supiera hasta qué punto la molestaba él a ella.

Ojalá no la mirase así.

Ojalá no la hiciera sentirse de aquel modo.

¿O todo era producto de su imaginación? ¿De verdad su ardiente mirada de ébano se detenía en ella más de lo necesario o era lo que a ella le gustaría? Una cosa que, sin lugar a dudas, no se imaginaba era la reacción de su cuerpo a su mirada. Cuando él entraba en la habitación, parecía que los sentidos de ella cobraban vida. Sin embargo, ¿cómo podía pensar que aquel rey tan sexy iba a fijarse en la poco agraciada e inexperta Hannah Wilson?

El corazón le latía con fuerza mientras le preparaba un café. Después de su malhumorada respuesta al conocerse, ella esperaba que fuera difícil trabajar para él, que se comportaría de forma distante y altiva, como correspondería a un hombre de su posición. Pero era curiosa la forma en que el contacto continuo con alguien podía hacerlo parecer más humano, aunque fuese un rey del desierto.

Puso más terrones de azúcar en el azucarero, porque al jeque le gustaba el azúcar. Por lo que había visto, endulzarse el café era lo más parecido a un capricho que se concedía. No bebía ni fumaba esos puros que fumaban los clientes ricos en la terraza. Incluso podía estar sin comer durante muchas horas, como si ayunar fuera algo natural en él, lo que explicaría la magnificencia de su cuerpo, duro como una roca, que ella había visto una vez, sin querer, cuando él había salido de la ducha sin avisar.

Al recordarlo se quedó sin respiración. Gotas de agua, como diamantes, brillaban en su piel oscura, y ella se quedó fascinada por sus largas y musculosas piernas y sus delgadas caderas, en las que llevaba enrollada una toalla. Durante unos segundos se había quedado desconcertada por el repentino deseo que había experimentado y que le había producido gotitas de sudor en la frente.

—¡Oh! —exclamó mientras se aferraba al plumero como si fuera un bote salvavidas, pero incapaz de apartar la mirada de su cuerpo espectacular.

Él parecía tan sorprendido como ella.

—¿Qué haces aquí?

—Trabajo aquí, Majestad.

—Me habías dicho que, por hoy, habías terminado.

Ella se quedó tan asombrada al darse cuenta de que él le prestaba atención cuando hablaba que comenzó a explicarle las razones domésticas por las que seguía allí.

—Y lo había hecho, pero vi una tela de araña en el techo y, como pensé que usted ya se había marchado en el helicóptero…

—¿Decidiste destruir la casa de la pobre araña? —preguntó él con un brillo travieso en los ojos—. Vaya, vaya, qué cruel eres, Hannah.

Ella se puso roja como un tomate, porque no estaba acostumbrada a que le tomaran el pelo y mucho menos a que lo hiciera un hombre medio desnudo, lo que implicaba un grado de intimidad que la inquietaba. Tal vez por eso soltó la primera estupidez que se le ocurrió y la dijo con una fiereza que a él lo sorprendió.

—Yo nunca mataría a una araña. Tienen tanto derecho como nosotros a estar aquí.

—Entonces, de ahora en adelante, tendré cuidado a la hora de acusarte de algo.

Esa había sido la reflexiva respuesta del jeque.

Incluso ahora, al recordarlo, Hannah se sonrojó. ¿Decía él cosas así solo para tomarle el pelo? Era lo que creía a veces, hasta que recordaba la realidad de su situación. Kulal al Diya no iba a dedicarse a gastar bromas a una insignificante empleada de hotel, cuando ella tenía constancia de que una famosa cantante estadounidense lo había llamado por teléfono la tarde anterior. Ella había estado a punto de soltar el teléfono al contestar y había pensado en cuánto dinero ofrecerían en Internet por un autógrafo de aquella mujer. El jeque había cerrado la puerta de su habitación para hablar en privado.

A Hannah la había pillado por sorpresa la repentina envidia que sintió.

Y había sido entonces cuando comenzó a preguntarse cómo sería tener como amante a un hombre como Kulal al Diya. Se imaginó cómo sería despertarse en sus poderosos brazos y ver que te miraba con aquellos ojos negros, qué se sentiría cuando sus largos dedos te acariciaran la piel, que ya se le había puesto caliente solo de pensarlo.

«Ya vale, Hannah», se dijo. Chasqueó la lengua y colocó bien un cojín de seda. A algunos, aquel trabajo les hubiera parecido caído del cielo, pero se estaba convirtiendo en un infierno. Y todo porque se había obsesionado, de forma muy poco profesional, con un huésped del hotel. ¿Había elegido a uno completamente fuera de su alcance porque así estaría a salvo?

¿O había sido la conversación telefónica con su hermana, la noche anterior, lo que la hacía sentirse más perdedora en el amor de lo habitual? Tamsyn le había mandado una foto suya, lista para salir esa noche, con el cabello pelirrojo cayéndole como una cascada por la espalda y sus grandes ojos verdes enmarcados por espectaculares pestañas. ¿Acaso no se había sentido algo resentida al preguntarse cómo era posible que, a pesar de la mala situación económica de Tamsyn y de que no trabajara de forma regular, siguiera pareciendo una estrella de cine y saliera a divertirse?

—¿Vas a servirme ese café de una vez, Hannah? ¿O vas a quedarte ahí toda la mañana hablando entre dientes?

La voz del jeque interrumpió sus pensamientos y la sobresaltó. Se volvió y lo vio entrar en la habitación y sentarse. Había tenido que acostumbrarse a que vistiera a la occidental, porque no sabía que un jeque llevara vaqueros, que, además, le sentaban tan bien que parecía un modelo anunciando la marca.

¿Había hablado en voz alta? ¿Se había dado cuenta él de sus estúpidas fantasías?

Por supuesto que no.

—Desde luego, Majestad —contestó mientras le llevaba la taza al escritorio, donde él miraba un exótico mapa. Le gustaba ver mapas. En una ocasión le había señalado una cordillera del noreste de su país y le había descrito sus cumbres nevadas de un modo que la había hecho soñar.

Él alzó la vista cuando ella dejó el café en el escritorio y la miró con sus ojos negros como carbones ardientes. Como siempre, ella se sofocó instantáneamente ante la intensidad de su mirada.

—¿Necesita algo más, Majestad?

Kulal se recostó en la silla para examinarla. Sabía que, si lo hacía el tiempo suficiente, sus mejillas adquirirían ese tono rosado que tanto lo fascinaba. Después, se removería a causa de la vergüenza y no le diría que se fuera para no hacerla sufrir más. Sabía que la atraía, lo cual no era de extrañar. Lo que le resultaba sorprendente era que no intentara despertar su interés, sobre todo teniendo en cuenta la proximidad de ella a su real persona.

No había cambiado de aspecto. No se había pintado los labios ni puesto rímel para que sus extraordinarios ojos parecieran aún más grandes. Tampoco se había aplicado perfume en las muñecas ni en el escote para seducirlo con el aroma de su feminidad. ¿Y no daba gusto esa falta de artificio, unida a una ingenuidad que él rara vez hallaba en el mundo en que vivía?

Echó dos terrones de azúcar al café antes de darle un sorbo.

—Excelente —murmuró.

Hannah sonrió satisfecha.

—Espero que todo lo demás esté a su entera satisfacción.

Él la fulminó con la mirada.

—¿Por qué los empleados no dejan de repetir lo mismo constantemente?

Ella se encogió de hombros.

—Es lo que prometen los hoteles Granchester, Majestad. Y quieren que reforcemos el mensaje de la cadena.

—Pues ya lo he captado, así que no vuelvas a repetírmelo, ¿entendido?

Ella frunció los labios.

—Sí, Majestad.

Kulal tomó otro sorbo de café. Llevaba despierto desde la madrugada dando los últimos toques al comunicado que pensaba transmitir al mundo, acerca del desarrollo de energía solar más barata, que, como era de esperar, despertaría la envidia de sus competidores. Su estancia en Cerdeña llegaba a su fin. Al día siguiente volvería a Zahristan y a los asuntos del reino. Pero antes, estaba invitado a una fiesta al otro lado de la isla, a la que no hubiera ido, si no la celebrara un viejo amigo.

Reprimió un suspiro porque no estaba de humor para fiestas, y no solo porque necesitara dormir. Las fiestas eran predecibles y aburridas. Y cuanto más elevada era tu posición social, más predecibles se volvían. Frunció el ceño. Su reciente ruptura amorosa aumentaría la prisa por emparejarlo con una nueva mujer. A veces pensaba que debería declarar abiertamente su intención de posponer su matrimonio todo lo que fuera posible, pero ¿para qué iba a alimentar las especulaciones?

Pensó en las mujeres que acudirían a la fiesta, porque su amigo Salvatore creía que el vacío en la cama de un hombre debía llenarse inmediatamente. Y tenía contacto con las mujeres más deseables del mundo, esas por las que los hombres babeaban, con cuerpos trabajados en el gimnasio en los que lucían diamantes que sus queridísimos padres les habrían regalado al cumplir los dieciocho años.

Kulal bostezó. La idea de que intentaran ligar con él no le calentaba la sangre, así que volvió a mirar a Hannah, que seguía colocando bien los cojines. Cuando se incorporó y vio que la miraba se sonrojó, y él sonrió. ¿Cuándo había sido la última vez que había visto ruborizarse así a una mujer?

—No hablas mucho.

—Estoy aquí para atender a sus necesidades, Majestad, no para darle conversación.

—¿Eres inglesa?

Ella lo miró con recelo.

—Sí, Majestad.

—¿Y qué te ha traído a Cerdeña?

Ella vaciló como si la sorprendiera que se lo preguntara. A él no le extrañó porque el primer sorprendido era él.

—Normalmente trabajo en el Granchester de Londres, que es uno de los mejores hoteles…

—Sí, no hace falta que sigas alabando a la empresa —dijo él en tono sardónico—. Conozco bien la cadena. Y también al dueño.

Ella lo miró con los ojos como platos.

—¿Conoce a Zac Constantinides?

—Así es. Estoy haciendo negocios con su primo Xan. Estuvo en el congreso a principios de semana. ¿No te diste cuenta? Probablemente no. Le gusta pasar desapercibido —sonrió con ironía—. Suerte que tiene.

Hannah frunció el ceño. Xan Constantinides. El nombre le sonaba. ¿Se lo había mencionado su hermana o se lo había imaginado?

–Sí, Majestad –respondió, que era lo que contestaba por defecto cuando no se le ocurría nada que decir.

–Sigue contándome cómo viniste a trabajar aquí.

Hannah titubeó porque no se había percatado de estarle contando una historia. ¿Por qué, de pronto, estaba tan interesado en ella? ¿Tenía la intención de quejarse de ella a *madame* Martin por hablar entre dientes y limpiar telarañas imaginarias?, ¿o por haberse quedado, cuando debía haberse ido a casa, y lo había visto salir de la ducha medio desnudo? Reprimió una sonrisa. Nadie se lo creería. Sospechaba que otro poderoso motivo para que la hubieran elegido para ese trabajo era que ella no era precisamente de esas personas que se comería con los ojos al invitado real, a pesar de su innegable atractivo físico.

Se dio cuenta de que él la seguía mirando, así que se encogió de hombros.

–Andaban escasos de personal aquí –explicó–. No sé por qué. Necesitaban que viniera una camarera y me eligieron a mí.

–¿Por qué?

Ella volvió a encogerse de hombros.

–Supongo que porque me consideran de fiar.

Él sonrió.

–¿De fiar?

–Justamente.

–No pareces muy contenta.

Hannah no sabía por qué le había contado la verdad.

–No lo estoy –reconoció–. Sobre todo porque también se me considera estable y sensata –pensó en lo que la gente decía de ella.

«La buena de Hannah».

«¿Necesitas a alguien que trabaje en Nochevieja? Pídeselo a Hannah. No tendrá nada mejor que hacer».

—Pero tiene que haber cosas positivas.

—Seguro que sí, pero no son por las que a alguien de mi edad le gustaría que lo conocieran. Son rasgos que se adecuan mejor a una mujer de mediana edad.

—¿Y cuántos años tienes, Hannah? —preguntó Kulal, que se había enfrascado, de repente, en una clase de conversación que no recordaba haber tenido nunca.

—Veinticinco.

«Veinticinco».

Él creía que era mayor. O más joven. En realidad, pensándolo bien, era de una edad indefinida. Su uniforme carecía de edad y su alta cola de caballo era como las que se llevaban en las películas de rock and roll de los años noventa que uno de sus tutores había introducido a escondidas en el palacio, antes de que lo despidieran por su libertaria actitud.

Solo después de que el tutor se hubiera marchado, Kulal se dio cuenta de lo mucho que los había protegido, a él y a su hermano mellizo, de la realidad de la vida en la residencia real. Fue entonces cuando se le cayó la venda de los ojos, porque ya no había filtro alguno entre ellos y sus padres, siempre enfrentados, que habían convertido el palacio en un dorado campo de batalla.

¿Era por eso por lo que lo invadía un sentimiento de benevolencia hacia aquella alma humilde que tenía frente a sí?, ¿por una curiosidad repentina de ver cómo era la mujer real, no la camarera que parecía envejecida antes de tiempo? Ella había hablado con resignación, como si su vida careciera de alegría. Él no sabía lo que era la pobreza, pero poseía una notable capacidad de observación, y se había fijado en que los feos zapatos negros que llevaba, aunque muy limpios, estaban muy gastados.

¿No podía mostrarse un poco amable con ella?, ¿agitar una varita mágica e introducir algo de glamour en su vida? ¿Y si la llevaba como acompañante a la fiesta de Salvatore? Así conseguiría protegerse de las atenciones de las codiciosas mujeres que se hubieran enterado de que volvía a estar libre. Y tener a una mujer a su lado, ¿no lo libraría de pasar en la fiesta más tiempo del necesario?

Sus intenciones con respecto a la camarera no eran cuestionables, y no solo porque fuera una empleada del hotel, sino porque conocía a las mujeres. Iba a marcharse pronto de la isla y lo único que le faltaba era oírla sollozar porque se habían acostado y ella se había «enamorado» de él.

Asintió, satisfecho. Solo era benevolente, nada más, y era indudable que el malicioso subterfugio de su propuesta añadiría interés a la fiesta.

—¿Haces algo mañana por la noche?

—¿Se refiere a si trabajo? Oficialmente no, pero si hay algo especial que necesita no tendré inconveniente en hacer horas extra, Majestad. Lo pondré en mi hoja de control horario y se la entregaré a *madame* Martin.

Kulal se enfadó. ¿Así que estar más tiempo con él lo consideraba horas extra? ¿No se daba cuenta del gran honor que le iba a hacer? Era una respuesta vergonzosa, pero, curiosamente, lo estimuló, y no solo porque nunca lo habían dejado de lado de ese modo, sino porque era indudable que una mujer de veinticinco años debería pensar en algo más que en su sueldo, sobre todo cuando vivía en aquella maravillosa isla mediterránea. Se preguntó si alguna vez se habría puesto seda sobre esa piel blanca que se ruborizaba con tanta facilidad, o si había bailado bajo las estrellas. ¿No iba siendo hora de que lo hiciera?

–Quisiera que me acompañaras a una fiesta.

Ella lo miró con recelo.

–¿A trabajar?

–No –respondió él, impaciente–. Como mi invitada.

Ella echó la cabeza bruscamente hacia atrás.

–¿Como su invitada?

–Eso es.

–¿Yo?

–¿Por qué no? No me parece que seas una persona que suela ir a fiestas. Creo que a todas las mujeres les gustan, así como vestirse para ellas. ¿No sería divertido hacer algo distinto, para variar?

–¿Me va a invitar a una fiesta porque le doy pena? –preguntó ella en voz baja.

–En parte, sí –contestó él, sorprendido por la sinceridad de la pregunta y respondiéndole con la misma sinceridad–. Pero tu presencia a mi lado me sería ventajosa.

Ella hizo una mueca.

–No veo cómo.

–Impediría que otras mujeres trataran de ligar conmigo. No estoy de humor para eso. Sinceramente, me aburre.

A ella se le encendieron las mejillas al oírlo y cambió el peso de un pie al otro al tiempo que negaba con la cabeza.

–Es usted muy amable al pedírmelo, Majestad, pero no podré hacerlo.

–¿Que no podrás? –Kulal frunció el ceño, porque una cosa era dudar y otra muy distinta negarse, algo a lo que no estaba acostumbrado ni dispuesto a tolerar–. ¿Por qué?

–Porque los empleados no estamos autorizados a confraternizar con los huéspedes. Es una norma del hotel e incumplirla supone el despido inmediato.

Él esbozó una sonrisa lobuna.

–Solo si se enteran.

–¡Todos lo sabrán!

–¿Cómo? Es una fiesta muy selecta, al otro lado de la isla. Dudo que hayan invitado a nadie más del hotel. Aunque así fuera, no te reconocerían.

Ella volvió a mirarlo con recelo.

–¿Por qué no iban a reconocerme?

–Porque no irás de uniforme.

Ella lo miró sin comprender.

–¿No te gustaría ponerte algo bonito, para variar?, ¿vestirte de princesa, aunque solo sea una noche?

–No tengo nada ni remotamente parecido a un vestido de princesa en mi guardarropa.

–Eso lo arreglo yo.

De nuevo, los ojos de ella se entrecerraron con recelo, en vez de con la gratitud que él esperaba.

–¿Cómo lo haría?

Él se encogió de hombros.

–Es muy fácil. Lo único que tengo que hacer es llamar por teléfono para que uno de mis empleados busque a alguien que se encargue, alguien discreto que te convierta en una persona desconocida, incluso para ti misma.

—¿Como Cenicienta?

Él sonrió. Su tutor también le había hablado de la obsesión europea por los cuentos de hadas y su necesidad de trasladarlos a la vida real.

—Sí.

Ella levantó la barbilla y, por primera vez, él distinguió un brillo de orgullo en sus ojos.

—¿Significa eso que, a medianoche, el vestido se convertirá en harapos?

—Puedes quedarte con él, si te refieres a eso.

—¡En absoluto! —replicó ella negando con la cabeza—. Mire, es muy amable ofreciéndomelo, pero es una locura. No puedo hacerlo. Es demasiado arriesgado.

—¿Te has arriesgado alguna vez, Hannah?

Eso fue lo que la convenció, ese desafío en su voz, mezclado con un leve desprecio. Por supuesto que nunca había hecho nada peligroso, porque ir por el buen camino había sido la única manera de que sobrevivieran su hermana y ella. Y esa forma de vivir se había convertido en una segunda piel. Había conseguido el primer empleo que había solicitado y no había dado problemas. Había sido precavida y cuidadosa y había ahorrado lo poco que podía y utilizado el tiempo libre estudiando para compensar su lamentable falta de educación.

Se mantenía en forma haciendo senderismo en el campo inglés, lo cual era bonito y, además, gratis. Nunca hacía nada por impulso y tal vez comenzara a notarse. ¿Esa actitud la hacía parecer mayor antes de tiempo? ¿Por eso aquel jeque tan atractivo la consideraba una tentación sin riesgos? Un día se miraría al espejo y se percataría de haberse convertido en la solitaria mujer de mediana edad que había ido anunciando durante años.

Miró al jeque a los ojos mientras intentaba no hacer caso de la repentina excitación que se había apoderado de ella, ante las posibilidades que se le abrían, y calmarla con su habitual actitud sensata. Sin embargo, la tentación era demasiado fuerte y se pasó la lengua por los labios.

¿Podría hacerlo?

¿Debería hacerlo?

Volvió a mirar al rey del desierto y le dio un vuelco el corazón. ¿Cómo parecía tan atractivo incluso cuando estaba sentado y tomándose un café? Con aquellos ojos negros y aquella sonrisa burlona, era el hombre más guapo que había visto en su vida, y nadie como él volvería a proponerle algo así.

¿Qué más daba que fuera con él para protegerlo de mujeres depredadoras o que él insistiera en darle un nuevo aspecto para no desacreditarlo? ¿No sería algo que contaría a sus nietos, si encontraba a un hombre que deseara casarse con ella y al que ella quisiera?, ¿algo que mencionar de pasada a Tamsyn cuando ella volviera a darle la lata por la vida aburrida que llevaba?

—Muy bien, lo haré. Muchas gracias, Majestad.

—De nada —dijo él con los ojos brillantes—. Pero para producir una impresión convincente de que eres mi pareja, vas a tener que dejar de usar mi título. Llámame Kulal y trata de hablar conmigo como si fuera un hombre normal con el que tienes una cita.

Mientras las mejillas se le encendían, Hannah se preguntó si sabía que ella no tenía citas ni normales ni de ninguna otra clase.

—Lo intentaré.

—Venga, di mi nombre.

La miró expectante y ella obedeció.

–Kulal –susurró pensando lo extraño que le resultaba pronunciar su nombre. Más que extraño, era sexy.

Él sonrió.

–Muy bien. No es tan difícil, ¿verdad?

Lo dijo con una mirada de complicidad de sus negros ojos y Hannah se percató de que se había establecido un vínculo entre ambos, un secreto que los separaba del resto del mundo. ¿No era eso connivencia?

La envolvió la enormidad de lo que iba a hacer.

–Nadie debe… –lo miró y tragó saliva.

–Nadie debe, ¿qué, Hannah? –preguntó él con suavidad.

–Nadie debe saberlo o perderé el trabajo.

Capítulo 3

SIN SABER qué decir, lo cual en él era extraño, Kulal miró a la mujer que tenía ante sí. La camarera… ¡transformada!

La examinó durante unos segundos y sintió aprensión. ¿Le habría ofrecido un vestido de diseño de haber sabido que el resultado iba a ser tan… seductor?, ¿que el cuerpo del vestido se le iba a ajustar tan cautivadoramente a los senos, realzando su tamaño de un modo que el uniforme amarillo solo dejaba entrever?

Tragó saliva. El largo vestido realzaba sus bonitas piernas y dejaba al descubierto los dedos de los pies, calzados con sandalias doradas, mientras ella avanzaba hacia él. La cola de caballo era un lejano recuerdo, pues el cabello le caía, oscuro y sedoso, sobre los hombros.

Kulal negó con la cabeza, aturdido. ¿Tan ingenuo había sido? ¿Había jugado a ser Pigmalión sin pararse a pensar que tendría que pasarse toda la velada luchando contra la sensualidad que, ahora, ella manifestaba? ¿De verdad había creído que sería un frío espectador, que se limitaría a contemplar los resultados de su cara transformación?

Masculló algo en su lengua nativa. Ella lo miró con expresión de incertidumbre.

–¿No te gusta?

Él no se atrevió a contestar inmediatamente, así que le dio la vuelta a la pregunta.

—¿Y a ti?

Ella se encogió de hombros, lo cual atrajo la atención de él a sus senos, ¡como si necesitara más estímulos!

—No lo sé —contestó ella pasándose las manos por las caderas, cubiertas de capas de seda azul—. ¿No te parece excesivo?

—¿Excesivo para qué? Desde luego que no vas a estar demasiado elegante, si es lo que te preocupa.

No era eso. Su mayor preocupación era no ser capaz de estar a la altura de lo que representaba esa ropa, porque se había mirado al espejo y no se había reconocido: una mujer muy arreglada que desprendía una elegancia que era falsa. Le parecía ser un fraude, que era precisamente lo que era: una empleada de hotel vestida para aparentar ser una de las huéspedes. ¿Y si alguien le hablaba y se daba cuenta de que no tenía nada que decir, de que el brillante potencial de su aspecto era falso? ¿Y si alguien se percataba y la denunciaba?

—Me preocupa cómo vamos a salir del hotel sin que se fijen en mí.

—No te preocupes —dijo él sonriendo—. Ya está todo arreglado.

Hannah pronto se dio cuenta de que no exageraba y que casi todo era posible cuando se era rey. Aunque no lo siguiera un largo séquito, un número enorme de guardaespaldas apareció de repente y los rodeó formando un círculo protector mientras recorrían un laberinto de pasillos hasta el helipuerto, donde los esperaba un helicóptero.

Y aunque alguien se hubiera fijado en ella, a pesar de que la mayor parte de las miradas estaban fijas en el jeque, que era el que llamaba la atención, no habría adivinado que la mujer del resplandeciente vestido y las brillantes joyas era una humilde camarera, en la que apenas se había fijado antes.

Se mareó un poco cuando el helicóptero despegó, pero pronto estuvieron entre las estrellas y observando las luces de L'Idylle. Hannah miró a su alrededor, maravillada.

—¿Habías montado alguna vez en helicóptero? —le preguntó Kulal por encima del ruido del rotor.

Ella estaba tan absorta en la vista que habló sin pensar.

—¿Tú qué crees?

Él sonrió, a pesar de su falta de respeto al protocolo. Era estimulante estar con alguien tan espontáneo. En vez de estar pendiente de las palabras de él, hacía exclamaciones sobre la belleza de las estrellas. A no ser que tratara de convencerlo de que era profunda. Se reprochó a sí mismo su cinismo y se preguntó cuándo había echado raíces en su corazón.

«Sabes cuándo», pensó, incapaz de evitar los recuerdos que seguían atenazándole el corazón. «Cuando tu madre se vengó definitivamente de tu padre y destruyó para siempre tu confianza en las mujeres».

Ella se volvió como si hubiera notado que la estaba mirando.

—No me has dicho nada sobre la fiesta.

—¿Como qué?

—Como quién la celebra, para empezar.

Él se inclinó hacia delante para no tener que gritar tanto por el ruido de la hélice.

–Un magnate inmobiliario italiano, Salvatore di Luca, que es muy buen amigo mío –dijo con voz ronca porque la sutil fragancia del perfume de ella le secaba la garganta–. Nos conocimos en Noruega, cuando estudiaba.

–¿Qué estudiabas?

Hacía mucho tiempo que nadie se lo preguntaba, pero ella parecía genuinamente interesada.

–Hice un máster en energía y recursos naturales.

–¿Te gustaba?

Kulal se puso tenso. Le gustaba todo lo que le podía gustar algo en aquella época. Había utilizado el curso como excusa para huir de los sucesos insoportables de su hogar, pero no iba a decírselo. Nunca había hablado de ello, ni siquiera con su hermano mellizo, que era quien la había encontrado, que era…

Carraspeó, pero no le sirvió para quitarse el sabor amargo de la boca.

–Bastante. Además, me ha sido muy útil como jeque. Salvatore y yo estábamos en el mismo curso y hemos seguido en contacto, a pesar de que llevamos una vida muy distinta.

–¿Por qué se celebra la fiesta?

–Es en mi honor. Cuando mi amigo supo que estaba trabajando en la isla quiso mostrarme la hospitalidad por la que es famosa.

–No pareces muy entusiasmado.

Él se encogió de hombros.

–A veces es muy aburrido ser siempre el centro de atención en esas fiestas.

Ella se mordió el labio inferior.

–¿Qué vas a explicar de mí?

Él esbozó una lenta sonrisa.

–No te preocupes por eso. Nunca tengo que explicar nada –contestó con arrogancia–. Nadie tiene por qué saber tu verdadera identidad. Esta noche puedes ser quien quieras, Hannah.

El corazón de ella comenzó a latir con fuerza. Era como si él tuviera otra varita mágica que prolongara el conjuro que la había convertido en la elegante mujer que iba a una fiesta en helicóptero. Era emocionante, pero también la asustaba.

Miró de reojo su perfil de halcón sabiendo que no debía cometer el error de creer que todo aquello era real ni que aquel rey del desierto de traje oscuro salía realmente con ella esa noche.

El helicóptero aterrizó en un terreno delimitado por antorchas, donde un hombre imponente los esperaba. Salvatore di Luca saludó a Kulal con afecto y a ella le dedicó unas palabras superficiales, como si fuera una pérdida de tiempo conocerla. Como si fuera una más de la lista de mujeres que llevaban años acompañando a su amigo a fiestas.

Pero era precisamente así.

Con cuidado para no tropezar con sus sandalias de altísimo tacón, Hannah siguió a los dos hombres a la terraza en que estaban los invitados, cerca de la piscina. El momentáneo silencio que saludó su aparición fue seguido de una explosión de comentarios, y Hannah notó que muchas miradas se posaban en ella. Y de repente entendió a lo que se refería Kulal. Era desconcertante ser el centro de atención y se preguntó si la gente se daría cuenta de que el vestido y las joyas que llevaba eran prestados.

Comenzó a sonar una melodía de jazz y una voluptuosa cantante empezó a cantar. En el bar, Hannah vio a un famoso actor de Hollywood que salía con una mujer a la que le doblaba la edad. ¿Y no era aquella que hacía una postura de yoga al lado de la piscina una famosa princesa europea?

Fue entonces cuando comenzó la diversión para todos, salvo para ella. Parecía ser la única que no conocía a nadie. Contribuía a aumentar sus nervios el estar con la persona más importante de la fiesta, con la que todos querían hablar. Incluso cuando Kulal la presentaba, el interés que despertaba era cortés, no verdadero. Un par de veces la echaron a un lado como si fuera un impedimento para ver la atracción principal, pero ella hizo como si no hubiera pasado nada y siguió sonriendo como hacía en el trabajo cuando entraba en una habitación donde una pareja hacía el amor sin haber puesto el cartel de «No molestar» en la puerta.

Pero, cuando una rubia se acercó a ellos y comenzó a hablar con Kulal en su lengua, Hannah se dio por vencida. ¿Para qué esforzarse por algo que nunca sería suyo? Seguía siendo una camarera, una intrusa. Y probablemente lo seguiría siendo siempre.

Sin que nadie se fijara en ella, cruzó la terraza y se sentó en el borde de la fuente, desde donde podía ver a los invitados y escuchar la música. Esta y el aroma a jazmín eran placenteros, así que se bebió su cóctel. Observó que una camarera se apresuraba por el borde de la piscina con una bandeja de bebidas y que, al llegar a la altura del jeque, movía las nalgas de manera exagerada.

«Va a tirar la bandeja como no tenga cuidado», pensó Hannah, justo cuando se oyó el ruido de las copas golpeando el suelo.

Resultó casi cómico ver que todos dejaban de hablar y miraban a la camarera como si fuera una extraterrestre recién llegada del espacio. Hannah dejó la copa y, rápidamente, fue a ayudarla a recoger los pedazos. Se agachó y agarró la mano temblorosa de la camarera, por miedo a que se fuera a cortar. Las conversaciones se reanudaron cuando Hannah se hizo cargo de la operación de limpieza. Tan absorta estaba que solo se dio cuenta de que había alguien de pie a su lado cuando dejó el último trozo de cristal en la bandeja.

Miró hacia arriba y vio la expresión desconcertada de Kulal, pero seguía tan enfrascada en la tarea que le dijo:

–¿Podrías traerme un cepillo y un recogedor?

–¿Un cepillo y qué? –repitió él incrédulo.

Hannah se dio cuenta de que no sabía de qué le hablaba y estaba pensando en cómo explicárselo cuando se acercó un camarero y comenzó a reprender a la camarera.

–Ven –dijo Kulal ayudándola a incorporarse–. Ya has hecho bastante. Que lo solucionen entre ellos, a no ser que pretendas ponerte el delantal y trabajar de camarera el resto de la noche. ¿Dejas de trabajar alguna vez, Hannah?

Ella se sonrojó al captar su tono sardónico.

–No iba a dejar a la pobre chica arreglárselas sola. Y nadie más iba a molestarse en ayudarla, ¿no?

–No todos poseen tus habilidades –dijo él en tono seco.

Ella se percató de que la había agarrado del codo y la alejaba de las miradas curiosas llevándola hacia las praderas en sombra que se extendían detrás de la piscina. Se estaba tranquilo allí. No había nadie. Aún se oía la música, pero estaba a solas con Kulal, en cuya mirada había una mezcla de irritación y diversión.

−¿Te lo estás pasando bien en la fiesta? −preguntó él.

−Has sido muy amable al traerme.

−No es eso lo que te he preguntado.

Ella, incómoda, se encogió de hombros.

−Me alegro de haber venido −titubeó, pero el brillo de los ojos de él la obligó a contestarle sinceramente−. Me he dado cuenta de que las fiestas de la alta sociedad no son tan maravillosas como se dice.

−¿Y eso por qué?

−Pues porque nadie habla sobre nada importante. Ellos parecen competir entre sí y ellas se te han echado encima, lo que me ha hecho pensar que traerme aquí no ha resultado tan eficaz como esperabas. O puede ser que se vea claramente que no soy tu tipo −lo miró de forma inquisitiva−. En ese caso, si lo prefieres, podría desaparecer hasta que estés listo para que nos vayamos.

Kulal sintió una punzada de admiración. Había oído a la gente que lo rodeaba proferir horrorizadas exclamaciones cuando ella se había agachado sin importarle subirse el caro vestido y dejarse al descubierto las piernas. Sin embargo, a él le había parecido admirable que hubiera acudido a ayudar a la desgraciada camarera. Y ahora, en lugar de incomodarlo con empalagosas palabras de gratitud, le decía lo mismo que él pensaba de aquellas fiestas.

La gente no solía decirle lo que quería oír, sino lo que creían que quería oír, que rara vez coincidían. De repente, lo abrumó el deseo de abrazarla y no fue capaz de resistirse. ¿Por qué iba a hacerlo? ¿Qué mal había en ello?

–Prefiero que bailes conmigo.

Hannah parpadeó.

–¿Cómo? ¿Aquí?

–Aquí mismo.

Tal vez si él hubiera insistido en llevarla a la pista frente a la banda de música, donde todos los invitados los hubieran visto, Hannah se habría negado. Pero él se limitó a tomarla en sus brazos como si bailar en un prado, a la luz de la luna llena, fuera algo que hiciera todas las noches, y ella dejó de sentir aprensión.

¿Qué mujer se hubiera negado a que un jeque así la abrazara? ¿Acaso no era esa una de las fantasías prohibidas que intentaba no alimentar mientras trabajaba para él? Estaba descubriendo que, a veces, la realidad superaba a la fantasía de un modo que le resultaba incomprensible.

De pronto, el baile se volvió irrelevante para la forma de reaccionar de su cuerpo. Los pezones se le endurecieron y se preguntó si él los notaría a través de la tela de la camisa. Y sintió un deseo más abajo del vientre que le indicó que debía parar aquello antes de hacer algo que tuviera que lamentar, como rozarle con los labios la mandíbula y suplicarle que la besara. Le ardían las mejillas cuando se separó de él y lo miró a los ojos.

–Será mejor que vuelva –dijo con voz ronca–. Al hotel, quiero decir.

Él enarcó una ceja.

–¿Por qué?

«Lo sabes perfectamente. Porque haces que desee cosas a las que no tengo derecho. Porque soy virgen y tú eres un hombre de mundo y yo me he pasado toda la vida siendo precavida».

–Estoy cansada.

Él debió de darse cuenta de que era una excusa, pero no insistió. Tal vez hubiera comprendido que era lo correcto o que era lo único que podían hacer.

–Muy bien. A mí también me vendrá bien acostarme pronto. Vámonos.

¿No era la naturaleza humana impredecible? En cuanto Kulal estuvo de acuerdo en marcharse, Hannah comenzó a arrepentirse de su decisión. ¿No podía haber seguido bailando con él un poco más?

El helicóptero los llevó de vuelta rápidamente. A ella, el corazón le latía desbocado mientras recorrían los pasillos del hotel. Sin embargo, consiguieron subir al ascensor privado de Kulal y llegar al ático sin ser vistos. Los habituales guardaespaldas se alineaban a lo largo del pasillo, pero Hannah ya estaba tan acostumbrada a verlos que apenas los miró. Se detuvo ante la puerta de su habitación y miró a Kulal preguntándose si debía ofrecerse a abrirle la cama antes de retirarse. Pero se detuvo en seco. ¿Había perdido el juicio? ¿Iba a entrar en su dormitorio a dejarle una chocolatina en la almohada?

–Gracias por la velada, Majestad –dijo ella en tono formal mientras abría la puerta de su habitación–. Meteré el vestido, los zapatos y el collar en una bolsa y se la dejaré mañana temprano. Buenas noches,

Kulal no daba señales de haberla oído. Estaba muy ocupado mirando la habitación por encima del hombro de ella.

–Es muy pequeña –afirmó mientras contemplaba la estrecha cama y los funcionales muebles.

–Claro –dijo ella a la defensiva–. Recuerde que soy una empleada.

Pero Kulal no pensaba en esos momentos en su posición. En realidad no pensaba en nada salvo en la frustración que le calentaba la sangre. Se había excitado mucho durante el breve baile y, a pesar de sus buenas intenciones, estaba contemplando la idea de acariciarle los senos cuando ella se había separado de él y le había dicho que quería marcharse. Lo había sobresaltado, porque eso no le había ocurrido nunca, a no ser con la expectativa de dirigirse rápidamente al dormitorio más cercano. Pero aquella camarera le estaba dando las buenas noches como si eso fuera lo que deseaba, a pesar de que el oscurecimiento de sus ojos lo convenció de que el deseo era mutuo.

Si era sensato se iría a su habitación y eliminaría su ardor con una ducha helada. Y en vez de volar directamente a Zahristan al día siguiente, podría desviarse a Suecia y llamar a una deliciosa actriz rubia con quien, unos años antes, no había llegado a acostarse. ¿No le había mandado ella un mensaje días antes diciéndole que sentía la reciente ruptura de su relación? Y le daba a entender claramente que quería ser su amante.

Pero no deseaba a esa mujer de huesudas caderas que se hundirían en la carne de un hombre como un arma. Quería suavidad y voluptuosidad, senos exuberantes en los que meter la cabeza y una boca temblorosa que besar. Por primera vez en su vida, deseaba a alguien que estaba fuera de su campo de experiencia. ¿Era la novedad lo que lo hacía desearla tanto?

La tomó en sus brazos y vio que abría mucho los ojos cuando comenzó a acariciarle la columna vertebral con un dedo.

–¿Kulal? –susurró ella.

–¿Qué? –susurró él a su vez bajando la cabeza, de modo que solo unos centímetros separaban sus bocas.

Podía besarla estando tan cerca, pero esperó lo suficiente para que ella pudiera negarse, para darle la oportunidad de separarse de él, porque era lo correcto, aunque cada poro de su cuerpo se rebelara contra semejante idea.

Pero ella no se separó, sino que entreabrió los labios. Y mientras a él lo invadía la lujuria, supo que no iba a llevarla a su habitación, que no quería pasar por delante de los guardaespaldas, aunque ya habían sido testigos en el pasado de un par de semejantes transgresiones. Y tal vez fuera mejor así, menos intimidante para ella y más novedoso para él.

–¿Qué… qué haces Kulal? –preguntó ella sin aliento.

¿Qué creía que hacía?, ¿escribir un artículo sobre la energía solar? Deslizó los labios por la sedosa piel de su cuello.

–Creo que los dos sabemos la respuesta. Voy a hacerte el amor, si es que quieres que te lo haga. Y creo que sí.

Hannah tragó saliva. Debería decirle que se detuviera inmediatamente, antes de que aquello fuera más lejos, antes de que comenzara a acariciarle los temblorosos senos, que estaba deseando que le acariciara. Pero no pudo. ¿Cómo iba a rechazar algo tan maravilloso, lo más maravilloso que había experimentado en su vida? No sabía que estar en brazos de un hombre pudiera hacer que se sintiera así, como si fuera capaz de dar un salto y echar a volar. Emitió un sonido de impotencia cuando los labios de él le recorrieron la mandíbula. Cerró los ojos. ¿Era eso que sentía su lengua, que le dejaba un rastro húmedo y erótico en la piel? Se estremeció, y él volvió a hacerlo. Sí, era su lengua.

No estaba segura de si él esperaba una reacción suya, pero supuso que abrazarlo era una forma de reaccionar.

–¿Eso es un «sí»? –preguntó él.

–Desde luego, no es un «no».

Él se rio mientras entraban en la habitación y cerraba la puerta con el pie. Comenzó a besarla y a deslizarle las manos por el vestido de seda al tiempo que murmuraba algo en una lengua que ella no entendía. Aunque tal vez no le hiciera falta. Tal vez aquello fuera algo de lo que había que disfrutar sin compromisos ni expectativas. ¿No se decía que el lenguaje del amor era universal?

Debería haber sentido vergüenza cuando él le bajó la cremallera del vestido y se lo quitó, pero no lo hizo. Tampoco cuando se dio cuenta de que sus voluptuosas curvas le gustaban. La estilista que la había transformado había insistido en que la ropa interior hiciera juego, de lo que Hannah ahora se alegraba. Con dedos hábiles, él le desabrochó el sujetador y murmuró algunas palabras apreciativas antes de depositar sus cálidos labios en un pezón. Sin poder evitarlo, ella lanzó un grito ahogado. Se sentía como si hubiera llegado al cielo, como si hubiese hallado algo cuya existencia desconocía. Y, de repente, quiso acariciar a Kulal, sentir su piel en los dedos.

Le desabrochó los botones de la camisa para dejar al descubierto su poderoso pecho y deslizó las manos por sus duros músculos. ¿Por eso gemía él así? ¿Por eso la tomó en brazos como si fuera una pluma, la llevó a la pequeña cama y la depositó en ella?

Seguía sin sentir timidez, ni siquiera cuando él se desnudó sin dejar de mirarle el rostro. Ni cuando, ya desnudo del todo, se inclinó sobre ella para quitarle las medias. No hubo tiempo de sentir nada que no fuera el jubiloso reconocimiento del deseo que aumentaba en su interior. Así que, cuando Kulal se tumbó sobre ella, debido a la estrechez de la cama, lo único que ella hizo fue lanzar un gemido de alivio.

—¿Te gusta? —preguntó él con una sonrisa y las manos entre los muslos de ella.

¿Se refería al hecho de que ella sintiera su masculinidad empujándole el vientre desvergonzadamente? ¿O era una de esas preguntas que no requerían respuesta, sobre todo cuando él estaba descubriendo su húmedo deseo, entre las piernas, con un dedo que la hacía retorcerse de placer?

—Esto es una locura —dijo ella con voz entrecortada—. No puedo...

—Claro que puedes —afirmó él lamiéndole los pezones hasta que a ella le pareció que le iban a explotar.

¿Y quién era ella para contradecirlo, cuando sus cuerpos parecían encajar como si estuvieran hechos el uno para el otro?, ¿cuando ella lo deseaba tanto que incluso fue capaz de soltar una risita al verlo rasgar torpemente el envoltorio de algo que le sirviera de protección y oyó que mascullaba una maldición? Ella no se paró a pensar por qué llevaba un preservativo consigo. Por primera vez en su vida, no solo había dejado de ser precavida, sino que había dado un salto enorme hacia un terreno desconocido.

Y le encantaba.

Todo le encantaba: besarlo y acariciarlo, introducirle los dedos en el espeso cabello negro, deslizar las

manos por los músculos de su cuerpo espectacular…
De repente, dejó de ser la humilde Hannah Wilson
para convertirse en una mujer capaz de volver loco de
deseo a aquel hombre de perfil de halcón. Su timidez
inicial se había evaporado con la creciente intimidad
entre ambos.

Él le separó los muslos para penetrarla.

Durante los siguientes segundos, todo se le hizo
borroso. Sintió algo de dolor, no mucho. Y vio la sorpresa en el rostro de Kulal mientras se detenía a me-
dia embestida. Pero, después, sus cuerpos tomaron la
iniciativa y todo lo demás quedó olvidado, cuando él
comenzó a moverse de nuevo hasta que ella empezó a
pronunciar palabras que ni siquiera sabía que conocía.
Se oyó a sí misma rogándole mientras se hallaba al
borde de algo que le parecía inalcanzable.

Pero al final lo encontró. Y no solo fue lo que creía
que sería, sino mucho más. Gritó incrédula y, mientras sufría contracciones en torno a la masculinidad
de Kulal, este, exultante, lanzó un grito.

Y al mismo tiempo que temblaba de placer, Hannah deseó que aquella noche no se acabara nunca.

Capítulo 4

CUÁNDO ibas a decírmelo?

Hannah, mientras tragaba saliva por las náuseas que sentía, miró a su hermana pequeña e intentó no reaccionar ante la mirada acusadora que acompañaba a sus palabras y convencerse de que Tamsyn no podía saberlo, ya que ella misma se acababa de enterar.

—¿Decirte el qué?

—Lo de tu embarazo, ¿qué va a ser? ¿O ibas a llevarlo en secreto hasta que estuvieras a punto de explotar?

Hannah volvió a tragar saliva, pero esa vez, el gusto salado en su garganta era el de las lágrimas. Y eso que se había convencido de que no iba a llorar. Y no lo estaba haciendo, pensó con fiereza, porque las lágrimas no solucionarían nada. Lo había aprendido por las malas.

—¿Cómo te has enterado?

—¿Lo dices en serio? —Tamsyn llenó el hervidor de agua sin que pareciera notar que estaba salpicando los azulejos que tan limpios tenía su hermana—. Resulta evidente.

—Nadie del Granchester lo sabe —dijo Hannah rápidamente.

—¿De verdad? Pues será que tus compañeros no

tienen ojos en la cara o que yo soy más perceptiva que los demás, porque a mí me parece evidente. Mírate, Hannah. Tienes los senos enormes y la tez verdosa…

–Gracias.

–Es increíble. Tú, ni más ni menos.

–¿Qué quieres decir?

Tamsyn se encogió de hombros.

–Siempre has sido tan buena… Nunca has dado un mal paso.

Hannah no contestó, sino que se limitó a observar el rostro perplejo de su hermana. Era cierto: había sido la niña modelo, conciliadora y callada que había aprendido a hablar lo menos posible y a fingir que lo malo no sucedía, porque era la mejor forma de que las cosas volvieran a la normalidad, fuera lo que fuera la normalidad. Pero fingir que aquella situación no existía no le iba a servir de nada.

–¿Quién es el padre, Hannah? –preguntó su hermana–. No sabía que estuvieras saliendo con alguien.

Porque no lo estaba haciendo, por eso no lo sabía. Hannah se recostó en el sillón y cerró los ojos. No quería mostrar el miedo que tenía, aunque sabía que, antes o después, tendría que hablar claro, decirlo en voz alta, porque, al hacerlo, se convertiría en realidad. Se confirmaría lo que hasta entonces solo había sido un persistente temor.

Estaba embarazada.

Iba a tener un hijo del rey del desierto.

Revivió la noche de locura en que Kulal la había tumbado en aquella cama individual con expresión decidida y le había acariciado el pezón con el pulgar. Lo que había sucedido después parecía inevitable, pero no era así, ya que ella podía haberlo detenido. Él le había dado suficientes oportunidades de hacerlo, pero ella se había saltado todas las normas, y no solo se refería a la política del Granchester de no confraternizar con los huéspedes. ¿No se había aferrado a su virginidad como si fuera algo precioso, después de ver las posibles consecuencias de las relaciones sexuales promiscuas? Mientras las mujeres de su edad estaban contentas de sentirse libres con sus cuerpos, Hannah era tan mojigata como una mujer de otra edad.

Y había entregado esa inocencia a un hombre que la había recibido como si se la debiera y que, una vez hubieron acabado, había mirado al techo con aire reflexivo.

«Nunca lo había hecho en una cama tan pequeña», había dicho mientras le acariciaba los muslos y se los separaba. «Creo que le añade algo».

Ni siquiera su arrogancia había bastado para matar en ella el deseo. Se había vuelto hacia él invitándolo con los ojos, y él se lo había hecho otra vez. Y otra más. Recordó la intensidad de los sentimientos que habían explotado en su interior, como una bomba que llevara mucho tiempo esperando que la detonaran. ¿Por eso había reaccionado como una desconocida para sí misma, mostrando un aspecto cuya existencia desconocía? Como una fiera, pensó sintiéndose culpable. Como…

Recordó lo que él había dicho justo antes de la primera vez.

—¿Lo deseas, Hannah?

—Sí.

—Yo también. Pero será solo una noche, ¿lo entiendes? No solo porque yo sea un rey y tú una camarera y, por tanto, de posiciones sociales incompatibles. La verdad es que acabo de salir de una relación y no busco otra. Si quieres algo más, no puedo ofrecértelo, así que saldré de la habitación y te dejaré en paz, por difícil que me resulte.

Pero Hannah se sentía impotente para resistirse a él. ¿Cómo iba a hacerlo cuando se derretía solo con mirar sus brillantes ojos negros?

—Me parece bien que sea solo una noche.

Tamsyn, impaciente, interrumpió sus pensamientos.

—Entonces, ¿quién es el padre?

Fue entonces cuando Hannah se percató de que se habían vuelto las tornas por primera vez en la vida de ambas, ya que Tamsyn nunca se había enfrentado a un problema tan grande. Un problema que parecía insalvable y que la había desesperado desde que había visto la línea azul en la prueba de embarazo.

—No podrás guardar el secreto eternamente —Tamsyn echó agua hirviendo en la tetera antes de alzar la vista—. ¿Es el tipo ese que trabaja en el departamento de contabilidad, ese con el que ligaste en la fiesta de Navidad?

Hannah se estremeció. De ningún modo. Aquel encuentro había acabado de forma humillante, cuando él le había metido la mano por debajo del jersey y ella había dado un salto para librarse diciéndole que no quería tener sexo en un armario. Él la había mirado con desprecio y le había dicho que era frígida y estaba gorda.

Pero no se había apartado horrorizada cuando Kulal la había acariciado.

Sin embargo, Tamsyn tenía razón. No podría mantenerlo en secreto ni tenía derecho a hacerlo. Y lo cierto era que, si no tenía en cuenta su insensato y estúpido comportamiento... Volvió a tragar saliva. Si pensaba en la realidad, en vez de en las consecuencias, no podía negar la inesperada emoción que la invadía. Iba a tener un hijo al que querría y protegería con todo su ser, igual que había hecho con su hermana pequeña, con independencia de los obstáculos que la esperasen.

—Se llama Kulal —por primera vez después de haber estado en sus brazos, decía su nombre en voz alta mientras pensaba en lo extraño que resultaba que su primer amante hubiera sido un importante rey del desierto.

—Bonito nombre. ¿Cómo es?

—Pues es... muy poderoso y dinámico.

—¿En serio?

Percibió la duda en la voz de su hermana y, por primera vez en su vida, no supo qué responderle. Siempre había sido la que tenía a mano palabras sabias, palabras para infundir calma y consuelo. No había habido ni una sola mala situación durante su infancia a la que no hubiera sabido enfrentarse.

Hasta ese momento.

¿Era culpable por haberse creído inteligente e invulnerable hasta tal punto que nunca se vería en una situación como aquella? Pues ahí estaba la realidad para enseñarle la lección más difícil de todas.

—Es jeque.

Tamsyn hizo una mueca.

—¿Qué dices?

Hannah tragó saliva.

—El padre de mi hijo es un rey del desierto.

Observó que Tamsyn hacía esfuerzos para no reírse,

pero debió de recordar la gravedad de la situación y la sonrisa se evaporó de sus labios.

–Déjate de bromas.

–No bromeo. Es un rey del desierto.

–Hannah –su hermana la fulminó con la mirada–. No tienes experiencia, no sabes cómo son los hombres. Dicen lo primero que se les ocurre cuando tratan de conseguir que una mujer…

–¡Es rey! –exclamó Hannah, con un fervor impropio de ella–. Es el jeque Kulal al Diya, rey de Zahristan.

–¡Por Dios! –Tamsyn se olvidó de la preparación del té y se apoyó en el fregadero–. ¿No será ese que los periódicos describen como…?

–¿Uno de los solteros más cotizados del mundo? –Hannah concluyó la frase–. Sí, ese es.

–Pero… ¿cómo?

La pregunta no era malintencionada, pero a Hannah le dolió, porque la incredulidad de Tamsyn decía mucho; a saber, ¿cómo alguien como Kulal podía haber elegido a una mujer como ella? Sin embargo, Hannah no podía criticar la incredulidad de su hermana, porque ella la sentía igual.

–Necesitaba una acompañante para una elegante fiesta.

–¿Y te eligió a ti?

Hannah sacó pecho y se dirigió a su hermana con una frialdad impropia de ella.

–Sí, me eligió a mí. Trabajaba para él.

–¿Como camarera?

–Sí, como camarera. Me encargaron trabajar exclusivamente para él. Nos llevábamos bien.

Tamsyn soltó una carcajada.

—Y que lo digas. Así que fuiste a la fiesta con él y…

—No te voy a dar los detalles, Tamsyn. Es evidente lo que sucedió.

Tamsyn pareció momentáneamente sorprendida, como si le costara acostumbrarse a aquella nueva y rebelde hermana.

—¿Qué vas a hacer?

Hannah vaciló antes de responder, porque aún no lo tenía claro. Su instinto le decía que, en cuanto se lo contara a él, perdería el control de la situación. Kulal no era simplemente un hombre poderoso, sino un rey del desierto. ¿Y no era la realeza notoriamente posesiva con respecto a sus herederos? La verdad era que no sabía cómo reaccionaría porque no lo conocía. Tal vez quisiera controlarlos a ella y al bebé; o tal vez se negara a reconocer su responsabilidad y la mandara a freír espárragos. Lo más fácil sería que criara ella sola a su hijo sin molestarse en decírselo.

Lanzó un profundo suspiro. Sería lo más fácil, en efecto, pero en su fuero interno sabía que no lo haría, porque ella se había criado sin saber quién era su padre y conocía el enorme vacío emocional que eso suponía en la existencia de un niño. Era arriesgado contárselo a Kulal, desde luego, pero era un riesgo que debía correr.

—Voy a decírselo, por supuesto. En cuanto te vayas, lo llamaré por teléfono.

El problema era que no tenía un número al que hacerlo, ya que él no se lo había dado. ¿Para qué, si no pensaba volver a verla? Había habido un último y prolongado beso y ella, agotada después de la noche pasada, se había quedado profundamente dormida. Al despertarse, él ya no estaba y en la suite ya no quedaba ni rastro de su presencia. Los guardaespaldas habían desaparecido, al igual que el equipaje del jeque. Incluso lo habían hecho el vestido y el collar, que probablemente se habrían devuelto a la estilista. Podría haber sido todo un sueño, de no ser por el agradable dolor de su cuerpo.

Y había tenido la vana ilusión de que él le hubiera dejado una nota o algo similar.

Pero, al recorrer la suite, supuestamente para limpiarla a fondo, no había hallado nada que indicara que Kulal al Diya fuera a pensar en ella de nuevo. No iba a negar que se había sentido alicaída. Había sido una introducción espectacular al sexo, pero tendría que resignarse a volver a su vida habitual.

Sin embargo, había sido más que eso. En brazos de Kulal, se había sentido una mujer capaz de cualquier cosa. Él había sido tierno con ella, y apasionado. En realidad, había sido todo lo que una mujer soñaba que podía ser un hombre.

Tal vez fuera fácil comportarse así cuando sabías que no volverías a ver a alguien, que no tendrías que hablar con esa persona por la mañana. Se dijo que debería estarle agradecida por haberse marchado de madrugada, porque hubiera sido embarazoso despertarse con él en aquella habitación de empleados. ¿Le hubiera ofrecido un té antes de que él se vistiera para marcharse a toda prisa?

Había intentado indignarse por su apresurada marcha, pero no podía enfadarse con él. ¿Era consciente, en un plano profundo, subliminal, de que las células de su hijo se multiplicaban rápidamente en su interior? ¿Por eso le resultaba tan difícil dejar de pensar en él?

Pero ella sabía que esos sentimientos desaparecerían y que la intensidad de lo sucedido se difuminaría con el tiempo. Se dijo que debía estar contenta por que nadie se hubiese dado cuenta en el hotel y por conservar su puesto de trabajo. Había trabajado dos semanas más en Cerdeña antes de volver a Londres, y allí se percató de que se le había retrasado el periodo, negándose a reconocer la causa hasta que fue imposible seguir haciéndolo.

Hannah buscó la página web de Zahristan, pero, como era de esperar, no había en ella información sobre la dirección electrónica del rey. Halló el número de la embajada en Londres e intentó llamar, con la esperanza de transmitirle un mensaje sutil a través de un diplomático. Pero el sistema telefónico era automático y su dilema no se encuadraba en la categoría de petición de visado para visitar el país. Supuso que podría mandar una carta a Kulal, pero no tenía garantías de que la fuera a recibir sin que antes la hubieran abierto, lo cual implicaría que el jefe se enteraría de que iba a ser padre después que sus empleados. Ella no sabía nada de protocolos reales, pero era evidente que aquello sería un grave error.

Tenía que decírselo en persona, pero ¿cómo?

Había una solución: utilizar el dinero que había ahorrado desde que había comenzado a trabajar, con el objetivo de comprarse una casa, y comprarse un billete de avión a Zahristan.

El corazón comenzó a latirle con fuerza. No tenía otra opción porque, ¿cómo, si no, iba a ver a Kulal? Pero ese dinero era sacrosanto y simbólico. Se había prometido no tocarlo. La invadió el miedo al darse cuenta de que aquella no era la Hannah que evitaba los riesgos, sino la que se había acostado con el rey del desierto sabiendo que no debía hacerlo.

Se puso la mano en el vientre. No tenía muchas opciones. Había protegido a Tamsyn en la infancia y ahora protegería a su hijo. No sabía cómo reaccionaría Kulal, pero eso no era problema de ella. Tenía que dar a su hijo las mejores oportunidades. Lo demás escapaba a su control.

Y, sin lugar a dudas, Kulal tendría la decencia de devolverle el precio del billete aéreo.

Y fue así como acabó en un avión y cruzó el mar Murjaan de camino al país del jeque.

Era una suerte que Zahristan hubiera abierto las fronteras diez años antes, después de haber ganado la guerra a Quzabar, el país vecino, y también que ella tuviera días de permiso anual para poder marcharse. En la embajada de Zahristan había conocido a Elissa, una empleada muy servicial, que le había informado de que los turistas podían visitar el palacio del jeque los martes y los jueves, y que él promovía activamente la llegada de turistas. Al saberlo, a Hannah casi se le paró el corazón, ya que seguro que se las ingeniaría para ver a Kulal si conseguía entrar en el palacio.

Después de consultar un mapa del tiempo, se enteró de que hacía mucho calor en el país, por lo que utilizó otra parte de sus ahorros en comprar ropa barata de tejidos naturales y colores claros que no absorbieran el calor. Ropa que disimulara sus senos, la única señal externa de su embarazo. Y lo más importante, ropa, que al ser nueva, le permitiría presentarse en el palacio sin parecer una vagabunda.

El vuelo fue largo. Intentó distraerse leyendo sobre la historia de Zahristan, pero no consiguió interesarla.

El libro se quedó abierto en la misma página durante mucho tiempo, mientras se preguntaba qué pasaría cuando viera a Kulal. ¿La meterían en un oscuro calabozo y la obligarían a esperar a que el personal del consulado británico fuera a sacarla para subirla a un avión hacia Inglaterra, después de haberla reprendido por poner en peligro la diplomacia internacional?

Aunque pasara lo peor y no pudiera acercarse a él, al menos lo habría intentado.

Miró por la ventanilla el interminable desierto. El avión comenzó a descender y se aproximaron a una ciudad, con torreones, agujas y casas azules y doradas. Debía de ser Ashkhazar, como había leído. ¿No la había mencionado Kulal al pasarse el dedo por la cicatriz que tenía desde el pezón hasta la entrepierna, el único defecto de su cuerpo perfecto? No había querido decirle qué le había sucedido. La verdad era que no había querido hablar de nada, salvo de lo mucho que le gustaban sus senos. Pues iba a tener que hablar de su hijo, le gustara o no.

A Hannah se le encogió el estómago al divisar el aeropuerto y cerró los ojos cuando el avión inició el descenso hacia la pista de aterrizaje.

Capítulo 5

POR LAS ventanas tintadas de su coche blindado, Kulal observó el aterrizaje del avión y lo invadió la ira al observar a los pasajeros desembarcar.

La vio inmediatamente. Se la reconocía al instante, y no solo porque fuera la única mujer que viajaba sola.

¿Creía que se iba a colar en su casa sin que él se enterara?

Llevaba la cabeza al descubierto, pero al menos tenía los hombros tapados. Llevaba un vestido claro que le llegaba casi a los tobillos. Era recatado, incluso para Zahristan, pero no le disimulaba la generosa curva de los senos ni la de las nalgas. Kulal apretó los dientes. Lo más fácil habría sido que la llevara en el coche a la ciudad, pero eso podría parecer un recibimiento oficial, cosa que no estaba dispuesto a aceptar. Observó que otra limusina se acercaba a la pista y que uno de sus más fieles ayudantes se bajaba de ella.

Kulal se dirigió a su chófer.

—Espera a que Najib la meta en la limusina. Después, síguelos.

No volvió a pronunciar palabra durante el trayecto. Tenía la vista clavada en el coche que los precedía, mientras recorrían a toda velocidad la carretera hacia la ciudad. Cuando la primera limusina se detuvo, contempló el rostro consternado de Hannah al mirar la imponente fachada dorada del famoso edificio y, durante unos instantes, se preguntó qué harían si ella se negaba a entrar.

Pero Najib era un maestro a la hora de cumplir los deseos de su jefe, por lo que, al poco rato, ella subía la escalera de mármol.

Él esperó unos minutos antes de entrar discretamente, seguido de dos guardaespaldas. Mientras el ascensor subía, recordó otra subida en ascensor en que estaba obsesionado con los magníficos senos de Hannah, cubiertos por la delicada seda del vestido que él le había encargado para la fiesta. ¿Había sido una locura? ¿Se había dejado llevar por lo que estaba convencido de que no era más que un acto altruista, una merecida invitación a la camarera, sin haberse molestado en analizar que era el deseo lo que subyacía a sus buenas intenciones? Probablemente. ¿No decían que los hombres eran los artífices de su propia destrucción?

Las puertas del ascensor se abrieron y vio a Najib en el pasillo, vigilando una puerta con rostro inescrutable.

—¿Qué ha dicho? —le preguntó Kulal al acercarse. Najib hizo una leve inclinación y se encogió de hombros.

—Se ha mostrado algo combativa al principio, señor, pero después se ha resignado a su suerte y no ha ofrecido resistencia.

—Muy bien. Esperemos que continúe así.

—¿Lo acompaño adentro, señor?

Kulal esbozó una sonrisa.

–¿Crees que la inglesita va a atacarme?

–He visto fuego en sus ojos, señor.

–No te quepa la menor duda de que ese fuego pronto será sofocado, Najib.

Abrió la puerta y vio a Hannah, que estaba de pie frente a la ventana, como si estuviera contemplando la magnífica mezcla de lo nuevo y lo antiguo que se hallaba en las calles de la ciudad. Al oír que la puerta se cerraba, se dio la vuelta y lo primero que pensó Kulal fue que Najib tenía razón. Había fuego en sus ojos de color aguamarina, algo que no había visto durante todo el tiempo que ella lo había servido en el hotel. Su brillo al fulminarlo con la mirada estuvo a punto de deslumbrarlo. Mechones de su cabello oscuro se le habían escapado de la goma que se lo sujetaba y le caían sobre los hombros. Durante unos segundos, lo invadió la lujuria, que reprimió instintivamente. ¿Acaso no había sido la lujuria la que lo había llevado a aquella situación?

–¿Te importaría decirme qué pasa? –preguntó ella casi gritando–. ¿Por qué me han metido en un coche como si fuera una criminal? ¿Y por qué me han traído a este hotel de lujo cuando tengo una reserva en el Souk Vista?

Kulal había previsto muchas reacciones, pero sus agresivas preguntas le confirmaron sus sospechas sobre los motivos del viaje. Aunque muchas de sus amantes habían sido resueltas, ninguna se había mostrado tan audaz como Hannah. Pues bien, pronto se daría cuenta de que su viaje había sido un error, un grave error.

–Supongo que querías verme –dijo con frialdad–. Por eso creí que ahorraríamos tiempo trayéndote directamente aquí.

–Cuando tu ayudante me dijo... –su resolución pareció flaquear durante unos segundos–. Cuando me dijo que me iba a llevar al palacio...

Kulal esbozó una sonrisa cruel porque ahora se enfrentaba a algo con lo que se había encontrado desde que supo que tenía sangre azul y que poseía contactos con los que la mayoría de la gente solo podía soñar. ¿Era eso lo que, en último término, Hannah deseaba?, ¿compartir su inimaginable riqueza y su privilegiada vida? En ese caso, tendría que darle una lección para aclararle las cosas antes de que se dejara llevar por la imaginación.

–¿Creíste que te iba a llevar a mi palacio en vez de al hotel Royal Palace?

Sus mejillas sonrojadas le indicaron que había acertado. Kulal enarcó las cejas con expresión burlona.

–Espero que no te sientas decepcionada, Hannah. ¿Creías que haber pasado una noche juntos te daría derecho a algunas de las ventajas de tener un amante de la realeza? ¿Que te llevaría a pasear por los jardines de fábula de mi palacio y que te regalaría una joya de la colección de los Al Diya?

–Por supuesto que no –contestó ella con frialdad.

–Creí que estarías más a gusto en un hotel, lo que además, supone la ventaja de que no me compromete en ningún sentido.

Era lo más condescendiente que Hannah había oído en su vida. Tuvo que respirar hondo para no dejarse llevar por la ira que ardía en su interior al tiempo que se decía que no conseguiría nada cediendo a ella. Manifestar tus sentimientos te hacía vulnerable; dejarse dominar por la emoción no era buena idea. Sabía que la primera ley de la supervivencia era conservar la calma, aunque en aquel momento no le estaba resultando fácil. ¿Era culpa de las hormonas, que la hacían reaccionar de un modo impropio de ella? ¿O acaso no podía aplicarse ninguna de las reglas habituales ahora que tenía a un futuro hijo al que proteger?

Las cosas habían cambiado, y debía reconocerlo. Cuando cuidaba a Tamsyn, ella misma era una niña, por lo que sus opciones eran limitadas. Pero ahora era una persona adulta y, aunque no tuviera el poder ni la riqueza de Kulal, poseía muchos recursos, todos los que le permitía el dilema en que se hallaba, y no iba a consentir que la trataran como a una dócil prisionera.

—Ni siquiera sabes a qué he venido.

—Claro que lo sé.

Ella tragó saliva.

—¿Ah, sí?

—¡Ay, Hannah! —soltó una carcajada antes de adoptar una expresión cínica—. No hace falta ser un genio para adivinarlo. Has decidido que sientes amor por mí, ¿verdad?

Durante unos segundos, Hannah pensó que iba a vomitar. Sin embargo, no le producía náuseas únicamente la arrogancia de Kulal, sino también la forma en que había pronunciado la palabra «amor», como si fuese una enfermedad innombrable, algo más que despreciable. Mientras abría y cerraba los puños, lo miró y habló tratando de que no le temblara la voz.

—¿Por qué dices eso?

—Supongo que has estado suspirando por mí —dijo él con suavidad, antes de encogerse de hombros—. Suele ser habitual, pero el hecho de que te arrebatara la virginidad probablemente ha concedido a nuestra noche juntos una importancia que no tiene. ¿No es así, Hannah?

Hannah se estremeció mientras se preguntaba cómo podía haber estado en los brazos de alguien tan arrogante.

«Sabes por qué», le susurró la voz de la conciencia. «Porque es irresistible incluso ahora que te mira con desprecio».

Porque, a pesar de la insultante acogida que la había dispensado, seguía sin ser inmune a la atracción que la había puesto en aquella situación.

En Cerdeña, solo había visto vestido a Kulal con ropa europea: vaqueros, camisetas, trajes de corte impecable y, en aquella noche aciaga, un esmoquin. Pero aquel día parecía claramente un jeque, con una túnica de seda blanca que le llegaba hasta los pies. Un tocado a juego, sostenido por un aro de oro, resaltaba sus facciones de halcón. Tenía un aspecto exótico y poderoso. Le pareció un desconocido. Se dijo con amargura que lo era, un desconocido cuyo hijo llevaba en sus entrañas.

—Lamento desilusionarte, pero no suspiro por ti.

—¿Ah, no? Entonces, ¿por qué has venido aquí en secreto?

No había sido un secreto, ya que un coche la esperaba a su llegada. Hannah alzó la barbilla tratando de ocultar la ansiedad que sentía, porque, ¿quién más, aparte de Kulal, sabía que estaba allí? ¿Qué pensarían sus jefes de su comportamiento?

¡Una camarera de habitación que viaja para enfrentarse a un rey del desierto!

Pensó en los muchos años que llevaba trabajando en el Granchester y sintió un escalofrío de miedo ante la idea de que la despidieran por un comportamiento tan poco profesional.

—¿Cómo sabías que llegaría en ese vuelo?

—¿Tan ingenua eres? Mi equipo de seguridad controla las listas de pasajeros e indica cuando hay alguien que presenta un interés especial, y tú estás en esa categoría: una mujer que necesita un visado urgente para entrar en el país. ¿No pensante que eso despertaría las sospechas de las autoridades? Sobre todo cuando hiciste tantas preguntas sobre la forma de acceder al palacio real. Te investigaron y resultó que trabajabas en uno de los hoteles de la cadena Granchester y que yo acababa de alojarme en uno de ellos.

Hannah se dio cuenta de que no podía seguir posponiéndolo: tenía que decírselo. Miró sus ojos de frío ébano.

—Estoy embarazada, Kulal —dijo en voz baja.

Se produjo un absoluto silencio mientras él la miraba con una expresión inescrutable y negaba con la cabeza.

—No puede ser porque utilicé protección. Siempre lo hago.

¿Había añadido la segunda frase para hacerle daño, para recordarle que no era especial, sino una mujer más que había sucumbido a su atractivo? Probablemente. Pero no estaba allí para proteger sus sentimientos, sino para hacer lo mejor para el bebé. Y reaccionar con ira no contribuiría a ese fin.

—Pues me temo que lo estoy. Llevo en mi vientre a un hijo tuyo, Kulal.

Él notó que se le subía la sangre a la cabeza y que se le disparaba la adrenalina. La incredulidad luchaba contra la prueba que tenía delante de los ojos, porque ella estaba allí, en un lugar donde no debería. Observó la inmovilidad y la calma de su expresión como si esperara que se relajase y le dijera que se lo había inventado todo, pero supo que esperaba en vano. Por supuesto que estaba embarazada. ¿Por qué, si no, habría viajado hasta allí de un modo que, sospechaba, no era propio de ella?

El corazón comenzó a latirle a toda velocidad y reconoció la sensación al instante, porque se había sentido así al estar a punto de lanzarse a la batalla. Pero la guerra nunca lo había llenado de la incertidumbre que ahora lo invadía y que lo puso inmediatamente a la defensiva.

—¿Así que has venido a negociar conmigo?, ¿a ver cuánto dinero puedes sacarme?

Hannah se estremeció. Si hubiera estado en Londres, si el padre de su hijo hubiera sido un hombre normal, se habría levantado y se habría ido, después de haberle dicho que hablaría con él cuando entrara en razón.

Sin embargo, no estaba en Londres y Kulal no era un hombre normal, por mucho que ella deseara que lo fuera. Estaba atrapada en un hotel de lujo en su país, a miles de kilómetros de su hogar y de todo lo que conocía. El aire salía helado de la bomba de aire acondicionado y por la ventana se veía una hermosa cúpula dorada. La vista no podría haber sido más distinta de la que se veía desde su habitación en Londres.

—No, no he venido a negociar ni a que me hables como si lo único que me moviera fuera la codicia.

—Entonces, ¿qué quieres?

¿No era obvio? ¿No hubiera hecho lo mismo cualquiera con un mínimo de decencia? ¿O acaso Hannah era hipersensible con respecto al tema de la paternidad, porque el inicio de su vida distaba mucho de haber sido ideal?

—Darte la oportunidad de formar parte de la vida de tu hijo —contestó en voz baja.

—¿En calidad de qué?

Era tan frío, tan insensible… Le entraron ganas de agarrar una cajita dorada que había en una de las mesas y lanzarla contra la pared, de romper algo, en señal de desafío y también de protesta. Pero no iba a comportarse como una mujer tratada injustamente ni a montar una escena ni a rogarle que la ayudara. Iba a comportarse con dignidad.

—Aún no lo he pensado. Solo he pensado que te merecías enterarte por mí, no por otra persona. Por eso he venido. Te habría llamado por teléfono si hubiera podido, pero, como sabes, no me dejaste un número.

Kulal asintió. Sintió una punzada de culpabilidad al ver lo pálida que estaba y se acercó a una mesa donde había una selección de botellas. Le sirvió un refresco y se lo dio, y, cuando sus manos se rozaron, la enormidad del hecho que iba a cambiar sus vidas lo golpeó como una maza.

Estaba embarazada de su hijo.

Daba igual que él no quisiera tener hijos, que hubiera pensado que prefería que su primo heredase el reino a verse condenado a formar una familia y llevar una vida que siempre había evitado por el caos y el dolor de su infancia. Sin embargo, ahora, su amor a la independencia era secundario, porque aquello lo cambiaba todo. Y debía reflexionar detenidamente sobre lo que iba a hacer.

Muy detenidamente.

Miró a Hannah y observó la fatiga que le arrugaba las comisuras de los labios y su despeinado cabello.

—Ha sido un día largo y pareces agotada. ¿Por qué no vas a refrescarte?

Ella dejó el vaso a medio beber y miró a Kulal con recelo.

—¿Qué me estás proponiendo exactamente?

Él se irritó. ¿Creía que se le estaba insinuando, que quería que se bañara y se arreglara para él? ¿Que quería tener relaciones íntimas con ella en un momento como aquel, cuando su vida iba a cambiar por completo y ella era el instrumento de dicho cambio? Pero no era eso todo lo que sentía. Había algo más, que no podía describir. Notaba una garra de hierro atenazándole el corazón.

¿Era miedo?

No obstante, era famoso por su audacia, incluso de adolescente, cuando había huido para unirse al ejército de Zahristan en la guerra fronteriza con Quzabar. Su padre, ya fallecido, había puesto el grito en el cielo cuando volvió con la herida que le descendía del pezón al ombligo. Furioso, le había dicho que había tenido suerte de no morir. Pero a él no le preocupaba que la muerte le hubiera pasado tan cerca. Antes de huir del palacio para ir a luchar, había observado muestras de la fragilidad humana y aprendido lecciones que guardaba en el corazón. Y ahora parecía que tendría que aprender otra lección.

La miró haciendo una mueca.

—Me limito a proponerte que vayas a cambiarte y a descansar, si quieres, antes de que cenemos.

Ella se rio.

–¿Crees que quiero cenar contigo, Kulal?

–No, pero creo que estamos en una situación en que nos vamos a ver obligados a hacer cosas que a ninguno de los dos le resultarán agradables...

–¡Voy a tener al bebé!

–¿Cómo te atreves a suponer que deseo otra cosa?

Pero, aunque su ira habría atemorizado a sus súbditos, no surtió efecto en Hannah, que alzó la barbilla de forma desafiante.

–Simplemente te digo, desde el principio, cuáles serán las reglas, para que no haya malentendidos. Y no veo qué sentido tiene que cenemos juntos.

–¿Ah, no? –él enarcó las cejas–. Tienes que comer y tenemos que hablar. ¿Por qué no matar dos pájaros de un tiro?

–Debo decirte –respondió ella encolerizada–, por si estás pensando en ocultarme para que no se vuelva a saber de mí, que mi hermana sabe dónde estoy y que llamaría a la policía.

Era una observación tan indignante que Kulal estuvo a punto de sonreír, hasta que se dio cuenta de la gravedad de la situación. La humilde Hannah Wilson no era tan dócil como pensaba.

–Digamos que a las ocho, ¿te parece bien? –preguntó él, deseoso de restablecer su autoridad–. Y, por favor, no me hagas esperar.

Capítulo 6

HANNAH ya estaba preparada para cuando el jeque llamara a la puerta a las ocho en punto. Se miró al espejo por última vez y deseó no haberlo hecho, porque aquello era lo contrario de un cuento de hadas.

Era la realidad.

La última vez que había pasado la noche con Kulal, la varita mágica de una estilista la había transformado en alguien con quien él desearía que lo vieran. Pero eso se había acabado. Se había encontrado muy mal durante las primeras semanas de embarazo, por lo que estaba demacrada. El vestido parecía barato porque lo era, le pesaban los senos e iba a tener que soportar una cena en un restaurante de lujo con un hombre al que no hubiera querido volver a ver.

Además, Kulal no había dicho nada positivo sobre el bebé.

No había dicho nada de lo que ella deseaba en secreto, aunque sabía que era una locura esperar algo de ese hombre. No la había tranquilizado diciéndole que, aunque ser padre era lo último que se le hubiera ocurrido, aceptaría la responsabilidad, ni, desde luego, se había mostrado orgulloso. Se había limitado a examinarla desapasionadamente, como si ya no fuera una mujer, sino un inconveniente que le había surgido. La había instalado en una suite del hotel, la más grande que ella había visto en su vida. Sin embargo, al despertarse de la siesta, se había sentido pequeña e insignificante entre sus doradas paredes y la había recorrido preguntándose qué iba a suceder.

Sus pensamientos se interrumpieron cuando llamaron a la puerta. Era Kulal. El color bronce de su túnica indicaba que él también se había cambiado. ¿Había ido apresuradamente al palacio a hacerlo? Hannah estaba a punto de decirle que no tenía ganas de ir a un restaurante cuando observó que dos empleados del hotel empujaban un enorme carrito hacia ellos, con fuentes tapadas.

—He pensado que cenemos aquí —dijo él de forma perentoria, al tiempo que entraba sin pedir permiso. Los camareros lo siguieron inmediatamente.

Hannah abrió la boca para protestar, pero lo pensó mejor. ¿Qué sentido tenía? Mientras uno de los camareros colocaba la mesa en un rincón, el otro levantó las tapaderas de las fuentes. Pero ella no sintió entusiasmo alguno ante el festín, a pesar del atractivo despliegue del arroz con pepitas de granada, las verduras con frutos secos y unos dulces que no conocía. Esperó a que se quedaran solos antes de dirigirse a Kulal, sin importarle si se le notaba su enfado.

—¿Por qué vamos a cenar aquí? ¿Porque te da vergüenza que te vean conmigo?

Él no reaccionó a la agresividad de su tono, sino que le contestó con una tranquilidad destinada a calmarla.

—Una aparición pública solo serviría para agravar la situación. No quiero que los periodistas nos vean juntos. Siéntate y come algo, antes de que hablemos; antes de que te desmayes, lo cual sería una pesadez.

Aunque Hannah seguía sintiéndose rebelde ante su prepotencia, lo obedeció por el bien del bebé. Se sentó frente a él a la mesa con mantel de lino, cubiertos de plata y copas de cristal, y comió algo de manera forzada. Cuando dejó el tenedor observó que él no había tocado la comida.

—¿No comes?

—No tengo hambre. Tengo que trabajar después y la comida me daría sueño.

Su respuesta dejó claro a Hannah que no se proponía seducirla, pero no estaba preparada para la sensación de rechazo que la invadió. ¿Lamentaba él haber intimado con ella? Probablemente. ¿Se habría sentido ella igual de haber estado en su lugar?

Dobló la servilleta con cuidado, como había visto hacer a los huéspedes del Granchester, y la dejó en la mesa. La primera comida decente que había tomado desde hacía días la hizo sentirse más fuerte, y fuerza era lo que necesitaba en aquel momento. Se recostó en la silla intentando que no le afectara el oscuro brillo de los ojos de Kulal.

—¿Y bien?

—¿Y bien? —repitió él enarcando las cejas.

El padre de acogida de Hannah había sido jugador, por lo que ella sabía que en una situación como aquella, donde las apuestas eran altas, quien antes perdiera los nervios sería derrotado, aunque se temía que no iba a haber verdaderos ganadores ni perdedores. Además, ella no estaba allí para exigirle nada. No quería dinero ni un título. Estaba allí para darle la noticia en persona. El resto dependía de él. Solo había habido un aspecto positivo en su actitud.

—Supongo que debo agradecerte que no me hayas exigido una prueba de paternidad.

Él se encogió de hombros.

—Lo he pensado, después de nuestro encuentro de esta tarde.

—¿Y has decidido no hacerlo?

—Exactamente.

—¿Puedo preguntarte por qué?

Él se recostó en la silla y la miró.

—Porque me he dado cuenta de que no era probable que una mujer que ha esperado hasta los veinticinco años para tener su primer amante tuviera dos en el plazo de unos meses.

Se produjo un silencio hasta que ella reunió el valor para hablar.

—Sin embargo, no lo mencionaste en su momento.

—¿Te refieres a la virginidad?

Pese a su recién adquirido coraje, Hannah notó que se sonrojaba.

—Sí.

—¿Qué iba a hacer? ¿Lanzar gritos de júbilo? —Kulal esbozó una sonrisa burlona—. ¿O tal vez esperabas que me enfadara y te preguntara por qué habías esperado tanto para tener relaciones sexuales y por qué no me lo habías dicho? —se encogió de hombros y sus poderosos músculos se le marcaron bajo la túnica—. Mi ego no me hubiera permitido hacer semejantes preguntas. Además, no eres la primera virgen con la que me he acostado.

Eso le dolió, y la puso furiosa que lo hiciera. Se dijo que no debería sentirse herida por un hombre que solo buscaba la aventura de una noche y que no era buena idea comenzar a imaginarse a las otras mujeres que habían suspirado de placer en sus brazos.

—De todos modos, nos estamos apartando del tema.

—¿Que es…?

—Tengo que saber qué grado de implicación vas a tener en la vida del bebé. Si es que vas a implicarte —añadió rápidamente, ya que no quería obligarlo a hacer algo que no deseara. Además, no podía obligarlo. Era rey—. Y también qué vamos a hacer.

El rostro de él adoptó una expresión casi cruel.

—¿Qué te gustaría que pasase? ¿Que me casara contigo y que te convirtiera en mi reina? ¿Es ese tu sueño secreto?

Hannah no reaccionó como quería, como la impulsaban a hacerlo las hormonas. Lo miró con calma en respuesta a sus arrogantes palabras.

—¿Supones que iba a aceptar esa proposición? —preguntó con frialdad.

Le produjo una enorme satisfacción haberlo pillado desprevenido y verlo desconcertado.

—¿Quieres decir que rechazarías la oferta?

La determinación de mantenerse tranquila se evaporó ante su arrogante seguridad.

—Por supuesto que lo haría. No te conozco. Ni siquiera sé si me caes bien. Es probable que nos gusten cosas completamente distintas, así que ¿por qué iba a casarme contigo? A no ser que dos personas compartan un mismo objetivo, el matrimonio puede ser un absoluto desastre.

Kulal se quedó inmóvil porque ella acababa de expresar lo que él pensaba sobre el asunto. ¿Habría adivinado algo sobre su infancia, uniendo los hechos imprecisos que se habían publicado y dándoles un sentido que se había guardado para utilizarlo como un arma en el momento adecuado?

Respiró hondo. No era posible. El matrimonio de sus padres había sido un secreto para el resto del mundo porque, por aquel entonces, la prensa no tenía la libertad de publicar rumores. Y aunque a Kulal se le consideraba un monarca moderno, agradecía esas restricciones históricas. Incluso se había silenciado la muerte de su madre. Y, si algo se enterraba profundamente, se tenía la seguridad de que no saldría a la luz.

Tragó saliva mientras buscaba algo que lo distrajera de sus amargos pensamientos, e hizo algo inconcebible en él: le preguntó a Hannah por su pasado.

–¿Tus padres no eran felices?

Ella negó con la cabeza.

–No.

–¿Dónde están ahora? ¿Van a aparecer de pronto para exigirme que haga contigo lo que debo hacer?

–No tuve padres.

–Tienes que haber tenido…

–Hubo dos personas que me engendraron –dijo ella sin importarle interrumpirlo–. Pero no los conocí; mejor dicho, no los recuerdo.

Ese era el momento en que, normalmente, Kulal se aburría. Sabía por experiencia que cuanto más dejabas hablar a una mujer sobre sí misma, mayor era la falsa sensación que tenía de su propia importancia. Pero Hannah no era una amante que pronto desaparecería de su vida de la forma más diplomática posible, cuando se hubiera cansado de ella. Si quería formar parte de la vida de su hijo, tendría que verla durante mucho tiempo.

Apretó los labios. Era paradójico que su futuro se viera inextricablemente unido a una mujer con la que solo había pasado una noche; una mujer que no podía ser menos adecuada para darle un heredero. Pero su hijo llevaría los genes de ambos progenitores, así que ¿no era su deber reunir la máxima información posible? No se sabía cuándo podría resultarle útil.

La miró y observó que su máscara desafiante había desaparecido y su rostro tenía una expresión más suave y vulnerable. Y recordó la noche que habían pasado juntos y cómo le temblaban los labios cuando la besaba, cómo temblaba cuando volvía a llevarla al clímax, cómo, después, se acurrucaba en sus brazos y se aferraba a su cuello como un gatito.

—¿Qué les pasó a tus padres? ¿Quieres contármelo?

En realidad, no quería. Pero lo único peor que contárselo sería no hacerlo. Parecía que él quería mantener su relación en secreto, pero no podría hacerlo eternamente. Si se sabía que había sido la amante del jeque, ¿no comenzarían a husmear en su pasado y a desenterrar toda clase de horrores? Se la vería como la víctima que había intentado no ser.

Así que decidió contárselo.

—Me crie en régimen de acogida. Con mi hermana.

—¿En régimen de acogida? —repitió él sin entender.

—Cuando tus padres no pueden o no quieren cuidarte.

—¿Y en qué categoría estaban los tuyos?

Hannah se encogió de hombros.

—No sé mucho de ellos, solo lo que me contaron cuando tuve la edad suficiente para entenderlo. A mi madre la echaron sus padres de casa a los diecisiete años. Era drogadicta.

–¿Tu madre era una yonqui? –preguntó él, horrorizado.

Hannah apretó los labios. Era curioso que se pudiera ser leal a alguien que no te había querido y que había incumplido todas las reglas de la maternidad.

–No se pinchaba –dijo a la defensiva, como si eso lo solucionara todo. Y se preguntó si un niño nunca abandonaba la esperanza de que, un día, sus padres lo quisieran. Instintivamente, se puso la mano en el vientre y vio que Kulal la observaba con atención–. Pero tomaba de todo lo que le ofrecían. Mi padre era un rico estudiante de Nueva York, que tenía la misma clase de… pasatiempos. Obviamente, no planearon el embarazo. Parece que mi madre quería casarse, pero los padres de él llegaron de Estados Unidos, lo metieron en un centro de rehabilitación y le dieron a mi madre un cheque por una cantidad importante diciéndole que, si lo cobraba, no volverían a verla.

–¿Y? –preguntó él en el silencio que siguió.

–Fue exactamente lo que hizo. Agarró el dinero y huyó.

–¿Tuvo un resultado satisfactorio?

Hannah se encogió de hombros.

–Supongo que lo tuvo hasta que se quedó sin dinero. Empezó por alquilar un piso que era muy caro para alguien con fondos limitados y sin trabajo. Pero, mientras le duró el dinero, fue considerada un buen partido. Fue entonces cuando se quedó embarazada de mi hermana.

–¿Tu padre volvió de Estados Unidos?

–No, mi hermana y yo no tenemos el mismo padre.

Él asintió.

–Entiendo. Así que no sois hermanas, sino hermanastras.

—Tamsyn y yo estamos todo lo unidas que pueden estar dos hermanas. Haría lo que fuera por ella. ¿Me entiendes? Lo que fuera.

Él volvió a asentir.

—Cuéntame qué os pasó.

Hannah quería seguírselo contando, tal vez porque nunca hablaba de ello, ya que carecía de motivos para hacerlo. Sin embargo, le resultaba catártico hablarle al padre de su hijo de su accidentado pasado.

—Los servicios sociales municipales nos pusieron en un centro e intentaron buscarnos una familia que nos acogiera o adoptara.

—¿Eso es lo que os pasó?

Hannah se encogió de hombros mientras tomaba un sorbo de su refresco. Sí, habían encontrado una familia de acogida para ellas. La trabajadora social encargada del caso y todos los demás se habían quedado satisfechos de que dos niñas abandonadas tuvieran por fin un hogar estable. Pero a ella no se lo había parecido. ¿Cómo explicarle a un hombre como Kulal que un hogar que parecía normal desde fuera podía ser lo contrario cuando te hallabas dentro, cuando vivías en él?

—Teníamos un techo y una cama.

—¿No erais felices?

Ella vaciló.

—La felicidad está sobrevalorada, ¿no te parece? Malgastamos el tiempo persiguiéndola, pero no dura. Nuestro padre de acogida se gastaba el dinero en el juego o en mujeres.

El cuerpo de Kulal se tensó y su mirada se ensombreció.

—Creo que mucha gente tiene padres a los que les gusta la variedad sexual —afirmó con rabia.

Hannah parpadeó. ¿Le había pasado a él?

—¿Tu padre…?

—Es tu historia —afirmó él con brusquedad—. No la mía.

Ella asintió.

—Nuestra madre de acogida fingía que todo iba bien, a pesar de que a veces no tenía dinero ni para comer. Me vi obligada a recurrir a métodos desagradables para que Tamsyn y yo pudiéramos alimentarnos. Buscar en los contenedores de los supermercados era mi preferido.

Él se echó hacia atrás, horrorizado.

—¿Por qué no se lo comunicaste a las autoridades y pediste que te mandaran a otro hogar?

—¡Porque Tamsyn estaba confusa y era una niña difícil! —Hannah estalló como si ya no pudiera seguir reprimiendo sus sentimientos—. Los primeros años de su vida habían sido terribles, mucho peores que los míos, y lo demostraba. Pocos podían enfrentarse a ella, y yo sabía que, si me quejaba, nos separarían —se levantó temblando—. ¡Y yo no podía soportar que nos separaran!

Él se puso de pie inmediatamente y se le acercó señalándole la silla de la que se acababa de levantar.

—Siéntate, por favor. No era mi intención molestarte con mis preguntas.

—¡No quiero sentarme! Quiero… —le había contado demasiado. Se acercó a la ventana parpadeando con fuerza para contener las lágrimas.

—Creo que sé lo que quieres, Hannah.

Ella sintió más cerca su voz, que le recordaba la noche que había pasado con él; aquella noche inolvidable en que él le había susurrado palabras en una lengua que no entendía y en que la había hecho sentirse mujer por primera vez en su vida. La había tomado en sus brazos y le había proporcionado placer sexual. ¿Por eso su piel reaccionaba de forma automática a la suave caricia de sus palabras, incluso en aquel momento, y se le endurecían los pezones? ¿Por eso anhelaba que él volviera a acariciárselos con el pulgar, antes de llevárselos a la boca?

Se esforzó en decirse que no era acertado excitarse en aquellos momentos ni ponerse sentimental. Debía luchar contra ello, aunque en su fuero interno rogaba que la abrazara y consolara acariciándole la cabeza como si fuera una niña pequeña y diciéndole que todo saldría bien y que haría cuanto pudiera para que así fuera.

Pero él no lo hizo, sino que siguió hablando en tono mesurado. Hannah no se atrevió a volverse, porque temía su propia reacción.

—¿Ah, sí? —preguntó en tono inexpresivo.

—Claro que sí. Una solución que satisfaga a todos.

—¿Una solución? —preguntó ella en tono esperanzado, al tiempo que se volvía hacia él.

—Algo que minimice los daños de este acontecimiento inesperado.

«Que minimice los daños».

Esas no eran las palabras de alguien que intentara consolar a un corazón afligido. Eran palabras combativas, que reconoció instintivamente. Lo miró a los ojos y le preguntó con una voz carente de toda emoción:

—¿Qué es lo que te propones, Kulal?

Kulal vaciló antes de hablar, consciente del impacto y el poder de lo que iba a decir. Pero ¿qué otra

solución había, dadas las circunstancias? Él no quería
ser padre, pero, puesto que la decisión se la habían
impuesto, debía tomar la iniciativa y hacer lo correcto, como llevaba haciendo toda la vida. La miró a
los ojos con renovada determinación.

—Me has dicho que a tu madre le dieron un cheque
para facilitarle la vida, pero que ella dilapidó el dinero
viviendo por encima de sus posibilidades.

—Así es.

—¿Y si yo fuera un paso más allá y te garantizara
una cantidad tal que nunca te quedaras sin dinero?

—Hablas de mucho dinero.

—En efecto.

—¿Y qué tendría que hacer yo a cambio de dicha
cantidad? —preguntó ella con voz levemente temblorosa.

—Creo que los dos sabemos la respuesta, Hannah.
Tendrías que hacer lo único sensato: darme a mi hijo
para criarlo como mi heredero.

—¿Darte a tu hijo?

Él asintió.

—En ausencia de otro heredero, ese niño heredaría
todo lo que poseo: mis tierras, la corona y el reino.
Déjame al niño y te prometo que haré todo lo que esté
en mi mano para proporcionarle lo que necesite. Cre-
cerá como miembro de la familia real de Zahristan,
con todo el lujo que eso supone, no como alguien que
deba debatirse entre dos culturas ni con dos personas
que prácticamente no se conocen.

Hannah agradeció la ira que la invadía como una
ola y que borraba las emociones que sus crueles palabras le provocaban. La ira te hacía fuerte. No te debi-
litaba como el miedo, el dolor o el deseo. Tal vez, si

ella hubiera sido más corpulenta, habría abofeteado el arrogante rostro de Kulal sin parar. Pero sus golpes serían ineficaces y atacarlo físicamente sería humillante para ella.

En lugar de ello, reunió todas sus reservas de fuerza interior como había hecho muchas veces para sobrevivir. Y, de repente, le resultó fácil contemplar esos labios crueles sin recordar lo que había sentido al besarlos. Y aún más fácil hallar la nota justa de desdén en su voz mientras lo miraba a los ojos.

—No voy a dignificar tu insultante propuesta respondiéndola. Me vuelvo a Inglaterra, donde continuaré trabajando para criar sola a mi hijo, como hacen muchas mujeres –y añadió con amargura–: ¡Vete al infierno, Kulal!

Capítulo 7

QUE TE dijo eso? ¡Venga ya, Hannah, estás exagerando!

Hannah negó con la cabeza mirando a su hermana a los ojos.

—Ojalá, pero es la verdad.

—¿Te propuso comprarte el bebé?

—No con esas palabras brutales, pero es lo que pretendía. Tal vez no hubiera debido contártelo.

—Por supuesto que debías hacerlo –afirmó Tamsyn de forma tajante–. Me dan ganas de ir a la prensa para que publique qué clase de hombre es. Es escandaloso. Es…

—Si lo haces –la interrumpió Hannah en voz baja–, si se lo dices a alguien sin mi permiso, no volveré a hablarte.

Tamsyn negó con la cabeza.

—No te entiendo. ¿Eres leal a un hombre que no se merece tu lealtad?

—Trato de hacer lo mejor para el bebé –contestó Hannah mientras el hervidor pitaba para indicar que el agua hervía. Sacó dos tazas del armario y echó una bolsita de menta en cada una–. Y vengarme de su padre no es lo que me propongo.

—Entonces, ¿no trató de detenerte cuando le dijiste que te ibas?

Hannah asintió.

—Sí. Dio marcha atrás y se disculpó diciéndome que no debiera haber dicho eso. Pero el daño estaba hecho. Le aseguré que no iba a cambiar de opinión y que volvería a Inglaterra en cuanto consiguiera un vuelo. Fue entonces cuando insistió en que utilizara uno de sus jets.

—Pero te negaste, ¿verdad?

Hannah agarró el hervidor y vertió el agua hirviendo en las tazas. Había querido negarse, que era lo que le pedía su orgullo, pero estaba emocionalmente exhausta por todo lo sucedido, y también físicamente. Había comenzado a preocuparle que tanto estrés perjudicara al bebé, y la idea de dormir en una cama en el avión de Kulal, en vez de estar aprisionada en medio de una fila de cuatro asientos, era demasiado atractiva para resistirse. Pero no había dado su consentimiento hasta haberle hecho una pregunta sarcástica.

—¿Qué va a pensar la gente cuando vea que una desconocida camarera inglesa utiliza el jet privado del jeque?

—Me da igual lo que piense. Intento hacer lo que sea mejor.

Ella había soltado una risa amarga.

—¿No crees que ya es un poco tarde para eso?

Lo había visto estremecerse y había intentado disfrutar de su turbación, sin conseguirlo. Se sentía tan desgraciada que ni siquiera tuvo fuerzas para rechazar que la llevara a casa la limusina que la esperaba al aterrizar en Londres. Le había resultado extraño salir al frío otoñal de la noche londinense después del calor de Zahristan, pero, cuando por fin estuvo de vuelta en su habitación de empleada en el Granchester, pudo

descansar. Durmió doce horas de un tirón y al despertarse se tomó un enorme desayuno.

Se convenció de que lo mejor era no decir nada de
su horrible viaje a Zahristan, pero cuando su hermana
fue a verla se lo contó todo porque siempre se lo con-
taban todo y porque le parecía que iba a explotar si no
se lo decía a alguien.

–Entonces, ¿en qué quedaste con ese canalla sin
corazón? –preguntó Tamsyn mientras tomaba un
sorbo de la taza que le acababa de dar su hermana.

Hannah se dijo, mientras miraba a Tamsyn con una
leve desaprobación, que una nunca abandonaba el
papel de hermana mayor.

–No lo llames así, por favor. Se llama Kulal.

–Pero es que es…

–Probablemente aún no se haya recuperado del
shock de enterarse del embarazo. En ese estado, la
gente reacciona de forma rara.

–Hannah, ¿por qué tienes que ser siempre tan amable?

–No lo soy. Intento ser práctica. Kulal es el padre
de mi hijo y, aunque no quiera vernos, no voy a hacer
que el niño odie a su padre.

–Entonces, ¿vas a mentirle? –preguntó Tamsyn en
tono acusador–. ¿Igual que me mentías a mí?

¡Cómo volvía el pasado a acosarte cuando menos
te lo esperabas o cuando menos preparada estabas
para enfrentarte a él!

–No te mentía, Tamsyn, sino que trataba de presen-
tarte la realidad de la forma menos dolorosa posible.
Y es lo que voy a hacer con mi hijo. Cuando surja el
tema, me limitaré a decirle que me cautivó un hombre
muy apuesto, lo que es verdad.

–Pero las palabras no van a pagarte las facturas. ¿Cómo vas a arreglártelas, Hannah? ¿De verdad crees que puedes ser madre soltera con el salario de una camarera de habitación?

–Otras mujeres se las arreglan.

–¿No te olvidas de algo? A los empleados del Granchester no se les permite acostarse con los huéspedes. ¿Y si alguien se entera?

Hannah se estremeció ante la franqueza de su hermana.

–Nadie va a enterarse –afirmó con una convicción que no sentía al tiempo que daba un sorbo de su taza.

Le sonó el móvil. Se le encogió el corazón al ver el número, antes de aceptar la llamada. Con el pulso acelerado, escuchó la voz del otro extremo de la línea. Al colgar miró a Tamsyn a los ojos e intentó que la voz no le temblara de miedo.

–Era de Recursos Humanos. Quieren verme inmediatamente.

Kulal llamó a una puerta que era idéntica a las demás a ambos lados del pasillo. No estaba preparado para la pequeña pelirroja que se lanzó hacia él al abrirla.

–¡Canalla! –le espetó ella cerrando los puños–. ¿Cómo has podido?

Él creyó que iba a pegarle y se estaba preguntando si debía llamar al guardaespaldas que lo acompañaba y que se hallaba en el pasillo cuando apareció Hannah detrás de la pelirroja.

–Tamsyn –dijo con una voz anormalmente calmada–. Ese lenguaje no va a ayudarnos.

Tamsyn no se movió.

–¿Quién dice que no?

–Yo. Quiero que te vayas a casa. Tengo que hablar con Kulal.

–¿Crees que te voy a dejar a solas con él?

Kulal habló, por fin, después de darse cuenta de quién era.

– ¿Y si te doy mi palabra de que el bienestar de tu hermana es sagrado para mí?

Tamsyn alzó la barbilla y le lanzó una mirada de desprecio con sus ojos de color esmeralda, tan diferentes de los azules de Hannah.

–No me fío de tu palabra y no voy a marcharme –le espetó.

Sin embargo, unos minutos más tarde, después de que Hannah le hubiera asegurado varias veces que la llamaría en cuanto él se hubiera ido, Tamsyn se marchó sacudiendo de nuevo sus rizos con furia, y Kulal se quedó a solas con Hannah.

La miró. Estaba pálida y su expresión era de enfado, pero se la veía también muy digna. Había algo casi noble en su actitud, lo que a Kulal le produjo el peculiar efecto de desear tomarla en sus brazos y acunarla, aunque su instinto le indicó que no lo hiciera. No parecía muy sorprendida de verlo, sino más bien resignada. No demostraba, desde luego, placer ni alegría, y él no estaba acostumbrado a un recibimiento tan poco entusiasta.

–Hola, Hannah.

Ella tardó en contestarle.

Era extraño ver al jeque de Zahristan en el umbral de su humilde habitación de empleada de hotel, a pesar de que él no llevaba túnica ni tocado, como la última vez que se habían visto. Su impecable traje era claramente cosmopolita y solo su rostro y sus facciones de halcón delataban su linaje real. El corazón se le había desbocado y, aunque se dijo que se debía a la aprensión, sabía que no era del todo verdad, porque le cosquilleaban los senos y sentía un tirón en el bajo vientre que le hablaba de emociones muy diferentes a la ira. ¿Cómo era posible sentirse atraída por alguien que la trataba como un obstáculo que había que apartar del camino con la mayor rapidez posible?

Pero aunque él fuera rey y ella camarera, solo la pisotearía si ella se dejaba. Así que no se dejaría. Alzó la barbilla.

—¿A qué has venido, Kulal?

—¿No te parece que debemos hablar de un asunto?

—Creí que ya nos habíamos dicho todo lo que nos teníamos que decir.

—Hannah, por favor.

¿Se ablandó al oír esas dos palabras que él no debía de usar con frecuencia?

—Entra —dijo ella antes de darle la espalda.

—Gracias —contestó él siguiéndola.

—No me lo agradezcas. No es algo que quiera hacer —replicó ella mientras lo observaba cerrar la puerta—. No quiero tener un enfrentamiento contigo en el pasillo y que nos oigan los demás empleados. Aunque ya no formo parte del personal. Me acaban de despedir, parece que gracias a ti. ¿No podías aceptar que rechazara tu insultante propuesta de comprarme al niño? —preguntó alzando la voz mientras pensaba en su historial laboral, sin tacha hasta entonces, manchado por la arrogante maniobra del jeque—. ¿Decidió el rey salirse con la suya, sin importarle nada más? ¿Por eso llamaste al dueño del Granchester, que resulta que es amigo tuyo? Me resulta difícil de creer que llamaras a Zac Constantinides para decirle que te habías acostado conmigo. La empleada de Recursos Humanos hervía de rabia.

–No he tenido más remedio –contestó Kulal con calma–. Me dejaste clara tu intención de seguir trabajando de camarera y no lo iba a consentir.

–¿Por qué?

–¿Por qué? –Kulal miró la pequeña habitación, consternado–. ¡Porque llevas a mi hijo en tu vientre! Un niño que será príncipe, o una niña que será princesa de Zahristan. ¿Qué creías que pasaría, Hannah?, ¿qué seguirías haciendo camas y limpiando habitaciones hasta que el embarazo te lo impidiera? ¿Y después? ¿Ibas a traer al heredero real aquí y a dejarlo en la cuna mientras continuabas trabajando?

Ella apretó los dientes.

–Me las hubiera arreglado –contestó con fiereza–. Siempre lo he hecho.

En otras circunstancias, Kulal le habría señalado que se las había arreglado mal, pero su instinto volvió a indicarle que fuera con cuidado, porque veía el miedo en sus ojos, a pesar de que intentaba ocultarlo a toda costa.

–¿Cuándo va a nacer? ¿Ya se te nota?

La pregunta pareció molestarla.

–Aún no. Solo estoy de algo más de doce semanas y podría haberlo mantenido en secreto algunas semanas más, si tú no lo hubieras contado –lo miró y de su boca salió un suspiro exasperado–. ¿A qué has venido, Kulal?, ¿a regodearte?

–Claro que no –contestó él con impaciencia–. He venido porque quiero ayudarte.

–Pues lo demuestras de una forma muy curiosa. Ya te he dicho que no me interesa tu insultante propuesta, y, si has venido a elevar el precio, ¡mi hijo no está a la venta!

–No he venido a eso. De hecho, he estado reflexionando y creo que actué con precipitación.

–No me digas –observó ella con amargura.

–Habría debido considerar otras posibilidades antes de hablar –Kulal respiró hondo. Sabía que lo que estaba a punto de hacer era lo correcto, lo único que podía hacer, a pesar de que contradijera lo que siempre había querido. Intentó sonreír, pero le pareció que su rostro era de cemento, por lo que solo consiguió esbozar la sombra de una sonrisa.

–He decidido casarme contigo. Será un matrimonio por deber, que requerirá sacrificios por ambas partes, por el bien de nuestro hijo.

Ella lo miró como si esperara a que acabara el chiste. Entrecerró los ojos.

–¿Es una broma?

–¿Iba a bromear sobre algo tan serio como que te conviertas en mi reina?

–Creía que ya habíamos hablado de eso y que estábamos de acuerdo en que no es buena idea que se casen dos personas que ni siquiera se caen bien.

No era la reacción que él se esperaba y le resultaba difícil de creer. Le escrutó el rostro mientras se preguntaba si era una respuesta fingida para que insistiera con más fuerza en su proposición de matrimonio, pero la consternación de ella parecía auténtica. ¿Era contraria a una proposición sobre la que la mayoría de las mujeres se abalanzaría?

La examinó con más interés. La palidez con la que

había llegado a Zahristan había dado paso a un sano color, sobre el que sus ojos brillaban como estrellas azules. El embarazo había conferido más lustre aún a su cabello oscuro, que llevaba suelto y le caía por los hombros. Tal vez había llegado el momento de tomar el mando, de demostrarle que tenía fuerza suficiente por los dos. ¿La acción no sería más eficaz que las palabras y serviría para que ella recordara la química que había entre ellos?

Se le acercó y la tomó en sus brazos. Se dio cuenta, por el instintivo estremecimiento de placer de ella, de que a veces una mujer anhelaba la caricia de un hombre, en contra de su voluntad. Le acarició la mejilla con el pulgar para darle tiempo a que se apartara de él, ya que no quería que lo acusara de coerción. Ella no se movió y le tembló la boca cuando él inclinó la cabeza hacia la suya.

Sus labios chocaron con fuerza al principio; después, con suavidad.

Él oyó que gemía, lo cual alimentó su creciente deseo. La estrechó en sus brazos y sintió sus senos contra el pecho y los pezones clavándosele como pequeñas balas. Y experimentó un deseo urgente, porque un beso nunca le había sabido tan dulce. Tan dulce como la victoria en la batalla, pensó mientras enlazaba su lengua con la de ella. ¿Se debía a que estaba embarazada de su hijo o a que era la única mujer que se le había opuesto, lo cual lo excitaba mucho?

—Hannah —dijo con voz ronca, consciente de la dureza de su entrepierna y deseando perderse en el interior de ella—. Cásate conmigo.

Después se maldeciría por haber hablado, porque sus palabras destruyeron el erótico interludio y, ade-

más, su deseo sexual le traspasaba a ella todo el poder. De repente, el hechizo se rompió y ella se separó
de él. Le centelleaban los ojos. Se tambaleó un poco
y él fue a agarrarla, pero ella lo rechazó.

–¿Has perdido el juicio? –le preguntó, toda sofocada–. ¿Me abrazas así cuando se supone que tenemos que hablar de nuestro hijo?

–¿Acaso niegas que me deseas? –se burló él.

Ella negó con la cabeza.

–No, no lo niego, pero no ha sido adecuado, como
tampoco lo ha sido tu proposición matrimonial.

–¿Por qué?

–¿Te crees que soy tonta, Kulal?, ¿que porque
hago camas y limpio habitaciones para ganarme la
vida no soy capaz de entender lo que tengo delante de
las narices?

Momentáneamente desconcertado por su cambio
de humor, Kulal entrecerró los ojos.

–No es esa la opinión que tengo de ti.

–¿Estás seguro? ¿Te han recomendado tus consejeros que te cases conmigo, a pesar de que al principio
rechazabas la idea? ¿Te han sugerido que, como no
estaba dispuesta a venderte a mi hijo, me ofrecieras
un anillo para poder apoderarte de él legalmente?

–¿Crees que aceptaría ese consejo de mis aseso-
res? –bramó él–. ¡No se atreven a decirme lo que debo
hacer! –respiró hondo–. Soy yo quien decide lo que
hago o dejo de hacer. Además, casarte conmigo te
protegería, no te debilitaría.

Ella negó con la cabeza.

–No lo haría. Simplemente me convertiría en una
posesión tuya.

Frustrado, Kulal le dio la espalda y se puso a mirar

por la minúscula ventana, que daba a un patio donde se alineaban cubos de plástico como si fueran centinelas. Había comenzado a llover. Todo parecía tan gris... Y mientras intentaba imaginarse a su hijo criándose en ese ambiente se sintió impotente.

Se había prometido no volver a sentirse así, pero reconoció que no siempre se podía controlar lo que a uno le sucedía: que, a veces, la vida te llevaba por un camino que no deseabas y que el hecho de pertenecer a la realeza no te libraba de ello. Se había criado rodeado de riqueza, pero eso no había evitado que su hermano y él hubieran estado a merced de una madre manipuladora que solo quería una cosa. Y no era a ellos.

Apretó los labios. Tenía la desconfianza hacia el sexo opuesto enraizada en el cerebro, y Hannah reforzaba sus peores prejuicios. Sabía perfectamente lo imprevisibles que eran las mujeres y allí tenía un excelente ejemplo de alguien que presentaba esa peligrosa e innata característica. La humilde camarera no había tardado mucho en transformarse en un ser dueño de sí mismo que rechazaba la proposición matrimonial de un rey. ¿Saber que su carne crecía en su interior le había proporcionado la seguridad en sí misma para dirigirse a él como si fuera un hombre corriente?

Le entraron ganas de decirle que debía obedecerlo porque todos accedían a sus deseos, pero se percató de que las cosas no eran tan sencillas. No podía obligar a una inglesa a casarse con él, pero tal vez pudiera persuadirla.

Volvió a contemplar las reducidas dimensiones de la habitación.

–¿Dónde vas a vivir cuando dejes el trabajo?

Hannah había reflexionado mucho sobre eso. Detestaba que Kulal y ella fueran polos opuestos en el plano económico, pero no podía hacer nada al respecto. Había pensado mucho en el dinero ahorrado, que tanto tiempo había tardado en reunir y que casi bastaba para el depósito de un piso pequeño. Ese sueño de independencia se había esfumado, pero a veces había que renunciar a los sueños.

—Tengo ahorros para vivir.

—¿Cuánto te van a durar?

Ella se encogió de hombros.

—Lo suficiente. Y, cuando se me acaben, buscaré trabajo de ama de llaves, lo cual nos proporcionará un techo a mi hijo y a mí.

—¿Ama de llaves? —exclamó Kulal, horrorizado—. ¿Crees que voy a consentir que críes al futuro heredero del trono de Zahristan como hijo de un ama de llaves?

—No puedes impedírmelo.

—¿Ah, no? —él soltó una cínica carcajada—. Puedo intentarlo, desde luego. Puedo hacer que mis guardaespaldas te controlen las veinticuatro horas del día y que me informen de todos tus movimientos. Y antes de que te pongas a protestar porque eso sería una invasión de tu intimidad, digamos que protegería lo que es mío.

—El juez te pedirá que me pases una pensión. Y no soy ni lo bastante estúpida ni lo bastante orgullosa para rechazarla. Eso bastará para que te asegures de que ni el bebé ni yo viviremos en la pobreza.

—Sí, te pasaré una pensión —afirmó él con frialdad—. No necesito que ningún juez me indique mis obligaciones. Pero mi hijo no tendría la vida que le corresponde por ser de sangre real. Al rechazar mi proposición matrimonial, lo condenas a ser ilegítimo. ¿Es eso lo que de verdad quieres, Hannah?

Ella se estremeció porque sus palabras habían traspasado por fin su armadura. Él se había reservado el argumento más convincente para el final. ¿Por qué le había hablado ella de su sórdido pasado? ¿Era tan ingenua como para no saber que utilizaría esa información contra ella, si le era necesario? Su ilegitimidad y la de Tamsyn siempre la había corroído por dentro; la vergüenza como telón de fondo de su infancia. Había aumentado su inseguridad y, aunque fingía que le daba igual haber nacido fuera del matrimonio, la verdad era que le importaba. Las cosas habían cambiado y a nadie parecía preocuparle que un hombre o una mujer se casaran antes de tener un hijo, pero no siempre había sido así.

Y ella no iba a tener un hijo cualquiera, sino un hijo de sangre real.

Se llevó la mano al vientre como si tocara madera para tener buena suerte, pero supo que no iba a hallarla.

—Podría huir y nunca me encontrarías —dijo en voz baja.

—Lo haría.

Estaba rebatiendo sus argumentos, uno a uno. La cabeza le daba vueltas al intentar imaginarse lo que significaría casarse con un hombre como él. Unos minutos antes la había abrazado y besado, y ella le había dejado. Y él se había percatado de cuánto lo deseaba. Y aunque había tenido la presencia de ánimo para apartarse de él, ¿qué pasaría si se acercaba a ella en uno de esos momentos en que se sentía vulnerable, que cada vez eran más frecuentes?

¿Creía que un hombre como Kulal iba a conformarse con llevar una vida de celibato con su nueva esposa?

—Si estuviera de acuerdo con ese matrimonio… —respiró hondo—. ¿Sería un matrimonio en todos los sentidos de la palabra?

—No tengas miedo, Hannah, No voy a encadenarte a la cama y a exigirte mis derechos conyugales, a no ser que tengas esa fantasía secreta, claro —sonrió—. El fin del matrimonio es la procreación y nosotros ya lo hemos logrado sin siquiera proponérnoslo, así que solo nos queda el sexo. Y somos personas adultas. De hecho, creo que el sexo funcionaría muy bien entre nosotros, ya que a ninguno lo ciegan los sentimientos.

—No puedo pensar en eso ahora. Son demasiadas cosas las que debo asimilar.

—Desde luego, tanto para ti como para mí. Y aún no me has respondido.

Hannah lo miró sabiendo que solo podía darle una respuesta, porque carecía de la energía o la inclinación para pasarse la vida luchando contra su poder, sobre todo cuando se temía que, al final, sería Kulal el que ganaría.

—Sí, me casaré contigo para que el bebé sea legítimo.

—Muy bien.

—Y, si vivir juntos nos resulta intolerable, ¿qué pasará?

—Si acordamos desde el principio no exigirnos mutuamente cosas poco realistas, no veo razón alguna para que nos resulte intolerable.

—¿A qué exigencias poco realistas te refieres?

El rostro de él se ensombreció y sus facciones se tensaron.

–Me refiero al amor. No quiero tu amor, Hannah. ¿Me entiendes?

Pronunció la palabra «amor» como si fuera una palabrota, una maldición. Y Hannah no sabía si elogiarlo por su sinceridad o castigarlo por su arrogancia. ¿Suponía que todas las mujeres acababan enamorándose de él, por muy mal que las tratara?

–No creo que ese peligro exista, Kulal. Pero, si no conseguimos que funcione, quiero que me des tu palabra de que me devolverás la libertad y me dejarás volver a Inglaterra.

Kulal sintió pena mientras ella lo miraba, pero no dijo nada. ¿De verdad creía que iba a consentir que se llevara a su hijo del país?, ¿que le concedería el divorcio que, sin duda, le pediría? Se metió las manos en los bolsillos de los pantalones y cerró los puños. No se había imaginado que pudiera sentirse así por algo que ni siquiera existía, pero, al pensar en su futuro hijo, el hielo compacto que le rodeaba el corazón comenzaba a resquebrajarse. La paternidad le había llegado sin avisar y su reacción lo había pillado desprevenido, porque se había dado cuenta de que quería tener ese hijo.

Y Hannah no se interpondría en su camino.

–No tenemos que pensar en eso ahora –dijo con voz suave–. Vamos a celebrar la boda primero.

Capítulo 8

LA IMAGEN que le devolvía el espejo era extraña y no se reconocía en ella: una mujer con un vestido dorado que le realzaba la curva de los cuatro meses de embarazo. El brillo metálico lo hacía parecer más una armadura que un vestido de satén. El velo se le sostenía en la cabeza con una corona de diamantes en forma de flores.

«Esta soy yo», pensó, «pero no lo parezco».

Era la última vez que estaba frente al espejo siendo soltera. Era la última mirada a la vieja Hannah, antes de que la condujeran al salón del trono donde Kulal y los invitados la esperaban para que la ceremonia diera comienzo. Sintió un escalofrío ante el enorme número de los allí reunidos, todos multimillonarios o pertenecientes a la realeza.

Se dijo que había trabajado para esa gente en el Granchester, desde los dieciséis años, y que eran de carne y hueso como ella. De todos modos, no solía relacionarse con líderes políticos, sultanes, académicos y estrellas del pop. La única persona a la que conocía era Salvatore di Luca, que había llegado al palacio la noche anterior y la había saludado con una cordialidad que le pareció forzada. Se preguntó si la recordaba como la acompañante de Kulal a su fiesta y si desaprobaba aquella unión.

Al menos, Zac Constantinides y su esposa, Emma, no habían podido acudir, por tener un compromiso previo en Grecia, el país natal de Zac. Hannah se había sentido aliviada, porque le hubiera resultado muy violento pronunciar los votos delante de su antiguo jefe, que se había visto obligado a despedirla. Era mala suerte que Xan, su primo, estuviera presente y que Tamsyn y él hubieran discutido la noche anterior, durante el ensayo.

Por última vez, se ajustó el velo, aterrorizada ante la posibilidad de que Tamsyn montara una escena. Su hermana estaba enfadada y no intentaba ocultarlo. ¿Había adivinado que la habían presionado para casarse, a pesar de que ella le había asegurado repetidamente que no era así?

Al final, la elección que se había visto obligada a hacer había sido muy sencilla.

Su matrimonio daría legitimidad a su hijo.

Y era eso o una vida luchando sola, con el miedo siempre presente de que Kulal utilizara su poder e influencia para quitarle a su hijo.

La voz de una de las doncellas interrumpió sus pensamientos:

—¿Está lista, señora?

Hannah asintió al tiempo que agarraba el ramo de jacintos, flor nacional de Zahristan. Lo olió y cerró los ojos. Las puertas se abrieron y entró en el salón del trono.

Era consciente de que todas las miradas se dirigían a ella, pero su timidez se evaporó cuando Kulal se le acercó. ¿Fue debido a que sus ojos brillaban en señal de aprobación o al contacto con su cálida piel cuando le acarició sus fríos dedos? En ese momento, todos los presentes desaparecieron para ella, mientras miraba al que pronto sería su esposo.

Bajo el vestido de boda, sintió que el corazón se le encogía, porque Kulal tenía un aspecto que no había visto antes, al llevar las túnicas que le había dicho que eran tradicionales para un jeque el día de su boda. Parecía muy alto e imponente. Tenía las facciones tensas y el cabello cubierto por un brillante tocado. Sus ojos parecían diamantes negros, pero, al examinarlo más de cerca, a Hannah le pareció que el dolor se los ensombrecía momentáneamente.

¿La ceremonia le traía recuerdos enterrados? Él le había dicho que los reyes de Zahristan se casaban en aquel salón, por lo que sus padres también debían de haberlo hecho allí. ¿Pensaba en ellos en aquel momento y deseaba que estuvieran allí? La noche anterior le había preguntado por su familia, pero él le había respondido de mala gana y sin contarle apenas nada. Sus padres habían muerto y llevaba muchos años sin ver a su hermano mellizo. Ella le había preguntado el motivo, pero él no le había contestado, con el pretexto de que el ensayo estaba a punto de comenzar.

Mientras avanzaba hacia el reclinatorio cubierto de terciopelo, Hannah se percató de lo poco que sabía de su futuro esposo, aunque tal vez fuera mejor así. Si conociera todas las respuestas, ¿no la asustaría la enormidad de lo que estaba a punto de hacer?

—¿Estás lista? —le preguntó él en voz baja.

Ella asintió al tiempo que se preguntaba si él iba a darle la oportunidad de cambiar de opinión, de arriesgarse a salir adelante sola. Pero el momento para eso había pasado. No tenía sentido mirar hacia atrás y pensar en lo que podía haber sido. No importaba lo que los había conducido hasta ese momento; lo que importaba era cómo iban a enfrentarse a ello. Debería estar agradecida porque su hijo no pasaría hambre, a diferencia de ella, ni temería que lo desahuciaran por no pagar el alquiler. Y porque llevaría el apellido de su padre.

Hannah siempre había sacado el mejor partido posible a cualquier situación, así que ¿por qué no iba a seguir haciéndolo? Kulal le había advertido que no lo quisiera, pero había muchas opciones al amor. ¿No podría aprender a respetarlo de modo que fueran unos buenos padres y que hubiera algo similar a una amistad entre ellos?

—Estoy lista —dijo sonriendo.

Kulal se puso tenso cuando la mirada de Hannah le aceleró el corazón. Aquel día, ella parecía receptiva, en tanto que la noche anterior, en el ensayo, se había mostrado ansiosa, mirando a su alrededor y haciéndole preguntas que él no había contestado porque estaba organizando una de las bodas más espectaculares que se habían celebrado en la zona. Podía haber optado por una ceremonia más íntima, pero no quería nada que fuera discreto, nada que transmitiera el eco de los secretos y la falta de sentido del pasado.

¿Era ese el motivo de que hubiera evadido las preguntas de Hannah sobre sus padres?, ¿de que solo hubiera mencionado de pasada a su hermano mellizo? ¿Qué sentido tenía que ella conociera un oscuro pasado que podía influirle en su modo de considerar la vida en el palacio?

Pero le seguía doliendo ver el lugar vacío que hubiera debido ocupar su hermano, al otro lado del salón del trono, el hermano que había huido a la primera oportunidad y que no había regresado. No lo había sorprendido su ausencia en la boda, aunque se sentía decepcionado. ¿Se habría asombrado Haydar ante la repentina decisión de casarse de su hermano, por estar Hannah embarazada? Esperaba que la noticia sobre la llegada del bebé aliviara la presión sobre su hermano, lo hiciera olvidar la insoportable realidad de la infancia de ambos.

Sin embargo, no parecía haberlo logrado, ya que Haydar seguía resuelto a seguir en su autoimpuesto exilio de su país natal.

Pero Kulal no quería pensar en eso aquel día, sino únicamente en el deber que debía cumplir del mejor modo posible.

Cuando estaban en Inglaterra, Hannah había apuntado la posibilidad de que su matrimonio lo fuera solo de nombre, pero él se negaba a aceptarlo. Su unión se consumaría, porque una mujer satisfecha era una mujer obediente. La satisfaría hasta que naciera el niño.

Después, que hiciera lo que le diera la gana.

Pronunció los votos sin emoción y oyó a Hannah decirlos con la ayuda del intérprete inglés que les había proporcionado la embajada. Notó que la mano de ella temblaba al ponerle el anillo de oro y rubíes.

–Ahora eres mi esposa –dijo él.

Cuando el intérprete tradujo sus palabras al inglés, la congregación internacional de invitados comenzó a aplaudir de forma espontánea. Kulal observó que ella se mordía el labio inferior, de la forma en que a veces las mujeres manifestaban placer. ¿La deleitaba llevar una alianza de incalculable valor y que la gente se inclinara ante ella? ¿Acaso había deseado aquella boda desde el principio y sus dudas habían sido fingidas?

–¿Eres feliz? –le preguntó.

Ella lo miró a los ojos, pero no quiso contestarle. Se temía que él no hubiera olvidado su afirmación de que la felicidad estaba sobrevalorada, y que le hubiera hecho la pregunta porque los rodeaba y escuchaba mucha gente. Entonces, él se llevó los dedos de ella a los labios y se los besó sin dejar de mirarla, y en ese momento la verdad se le volvió borrosa. Notó un calor conocido y se le endurecieron los pezones. Y, de repente, le resultó más fácil centrarse en los deseos de su cuerpo que en el vacío de su corazón. Si se centraba en el deseo, en vez de en el hecho de que Kulal no la quisiera, ¿no le sería posible experimentar esa felicidad en cuya existencia no creía?

–Muy feliz.

Las facciones de Kulal se endurecieron y sus ojos se ensombrecieron.

–Entonces, hagamos lo que tenemos que hacer. Representemos esta pantomima hasta que podamos estar a solas.

A Hannah se le secó la boca mientras le iba presentando a cada invitado, pero no porque se sintiera inquieta por ello, sino por el inequívoco mensaje sexual que brillaba en los ojos negros de Kulal cada vez que la miraba, que eran muchas.

¿Tan ingenua había sido como para creer que su matrimonio solo lo sería de nombre? Se preguntó si para los demás era obvio que el rey del desierto miraba a su flamante esposa con desvergonzada lujuria.

Y que ella se sentía exactamente igual con respecto a él.

El banquete tuvo lugar en un enorme salón, con músicos tocando melodías que ella nunca había oído.

Los platos, muy elaborados, fueron sucediéndose hasta que perdió la cuenta. Pero ella solo picoteó un poco, porque el vestido que llevaba no le estaba ancho, precisamente.

Nadie había mencionado su embarazo. Supuso que nadie se atrevería, a pesar de que todos debían de haberse percatado, especialmente la costurera de Zahristan que habían mandado a Londres a hacerle el vestido.

Tras el discurso del presidente del Gobierno, Kulal y ella se levantaron para brindar, antes de entrelazar los brazos para beber cada uno de la copa del otro. Después, Kulal la tomó de la mano y la condujo a la pista de baile. Pero aquello no se parecía en nada al baile privado que habían llevado a cabo en Cerdeña, con la luna como único testigo. Ahora, ella se sentía como un animal de feria, mientras los invitados iban siguiendo con la mirada cada uno de los movimientos de la pareja. ¿Observaban su gruesa silueta? Estaba de cuatro meses, pero como era tan bajita parecía que estaba de mucho más.

Tal vez estuvieran pensando que a Kulal lo habían engañado con el viejo truco de siempre, aunque probablemente se quedarían horrorizados si supieran que lo suyo había sido la aventura de una noche. Miró a su alrededor buscando en vano la sonrisa de su hermana dándole ánimos, Se sentía como un maniquí en brazos de Kulal. Suspiró aliviada cuando, por fin, la sacó del salón y, por pasillos en los que se alineaban criados que inclinaban la cabeza a su paso, la condujo a sus aposentos. Que, desde aquel momento, también eran los de ella, se dijo con desaliento.

Pero ¿hasta cuándo?

Él le hizo un gesto para que entrase y Hannah miró a

su alrededor. Solo llevaba una semana en el palacio, que había pasado en sus aposentos, al otro lado del palacio. Había estado muy a gusto allí, cerca del enorme patio central, donde los pavos reales deambulaban entre los naranjos y el aire olía a gardenias.

Kulal le había enseñado los salones del palacio, así como la biblioteca, con sus libros antiguos, y ella había sentido una gran alegría al comprobar que allí disponía de todas las herramientas para proseguir su aprendizaje. Él le había mostrado la sala del trono y las joyas de la corona, de las que podría disponer sin límites por ser su esposa. Después la había conducido a unas modernísimas cuadras y a los garajes, cuya flota de coches podría haber competido en cualquier circuito de carreras internacional.

Sin embargo, nada podía compararse con la residencia privada del rey, con sus altas columnas y sus doradas habitaciones, salpicadas de bajos divanes de terciopelo con cojines bordados. Gastadas alfombras de seda cubrían el suelo y lámparas de plata colgaban del techo abovedado. El aire olía a incienso.

–Pareces apagada, Hannah –dijo él en voz baja mientras las enormes puertas se cerraban a sus espaldas y, por fin, se quedaban solos–. ¿Pensar en tu noche de bodas te causa inquietud?

Ella lo miró a los ojos y recordó los días en que le limpiaba la habitación en Cerdeña, tan sencillos y libres en comparación con aquellos momentos. Él le había mostrado su país en un mapa y le había hablado de sus montañas y ríos. A veces le preguntaba su opinión sobre algo y sus ojos brillaban risueños cuando ella se la decía, cuando le hablaba como si fuera un hombre normal. ¿No podría hacer eso ahora?

—Me da miedo perderme entre todos esos pasillos de mármol —reconoció ella.

Él sonrió brevemente, pero pareció relajarse.

—¿Eso es todo?

No, por supuesto que no. La aterrorizaba la noche de bodas que la esperaba, a pesar del deseo que sentía por él. Le daba miedo que su voluminosa figura aniquilara la pasión en él. Y también tenía otros miedos, en los que no quería pensar en esos momentos en que Kulal iba a ejercer su derecho matrimonial.

Pero ella se había comprometido a intentar que aquel matrimonio funcionase, y no podría hacerlo si se comportaba como una camarera. Solo podía tener éxito en su papel de reina si asumía una nueva actitud, si comenzaba creyendo en sí misma y en su capacidad de que aquello funcionara, como tantas otras veces había hecho.

Respiró hondo, se quitó la corona de diamantes y el velo y los dejó en una mesa, antes de acercarse a él. El tiempo que tardó en recorrer los escasos pasos que los separaban se le hizo eterno. Una vez frente a él, lo miró fijamente a los ojos esperando que fuera él quien tomara la iniciativa porque, aunque intentaba desesperadamente creer en sí misma, no se veía capaz de seducirlo en aquel entorno tan intimidante.

—No —reconoció a toda prisa—. Estoy nerviosa por la noche que nos espera, aunque no tengo derecho a estarlo. Quiero decir que ya no soy virgen y…

Él la hizo callar, no con un beso, sino poniéndole el índice en los labios.

—Tienes todo el derecho a estar nerviosa —afirmó él con gravedad—. Porque, aunque ya no seas virgen, sigues teniendo poca experiencia, y hoy ha debido de ser un día muy difícil para ti en muchos sentidos.

Ella asintió, agradecida por su consideración.

—Lo ha sido, y no me ha ayudado mucho no saber dónde está Tamsyn.

—Ni Xan Constantinides. Se marchó del salón poco después de ella. ¿Los viste salir?

—No. ¿No tiene él fama de mujeriego?

—Me temo que sí.

—¿Crees que ella estará bien?

—Físicamente, sí, si eso es a lo que te refieres, aunque no es aconsejable que se acueste con Xan, a menos que esté dispuesta a que le parta el corazón.

—¡Es lo único que le falta en estos momentos! ¡Kulal, tenemos que buscarla!

Él enarcó las cejas.

—¿Qué quieres que haga?, ¿que me pase la noche de bodas ordenando a la guardia que vaya a liberar a Xan de sus garras?

—¡O a ella de las de él!

Kulal frunció el ceño.

—Tamsyn es una persona adulta, Hannah, como tú. Estoy seguro de que has sido una hermana mayor ejemplar, pero ¿no crees que ya es hora de que dejes que haga su vida?

Ella lo había pensado muchas veces, pero los hábitos eran difíciles de cambiar.

—No creo que sea buena idea que empiece a relacionarse con gente de una posición social muy distinta a la suya.

Kulal la miró con ojos burlones.

—¿Como has hecho tú?

Ella estaba pensando en cómo responderle cuando

Kulal pareció estar harto de la conversación, porque la tomó en brazos.

–¿Qué haces?

–¿Tú qué crees? Llevarte a la cama. Ya basta de charla, especialmente sobre tu hermana.

Se dirigió a un bonito arco que se encontraba al otro extremo de la habitación mientras ella pataleaba como una niña.

–Bájame, por favor, Kulal. Peso mucho.

–No pesas nada.

Tal vez hubiera decidido que los besos eran mejor que las palabras, porque los besos lo llevaban a uno por un camino y las palabras por otro. Tal vez estuviera cansado de hablar, porque la dejó al lado de la cama más grande que había visto en su vida y la abrazó.

Capítulo 9

ASÍ QUE ha llegado la hora de seducir a mi esposa –dijo Kulal–. Pero antes debo quitarte ese infernal vestido de boda.

El corazón de Hannah latía a toda velocidad cuando él la giró para desabrocharle el vestido. Tardó mucho tiempo, pero se debió a que besaba cada centímetro de piel que iba dejando al descubierto. Así que, cuando ya estuvo desnuda y temblando bajo la colcha, sus nervios habían desaparecido a causa de la creciente sensación de anticipación.

«Limítate a disfrutar», se dijo mientras él se quitaba las túnicas ceremoniales de su musculoso cuerpo y se deslizaba en la cama, desnudo, junto a ella. «Es tu noche de bodas y será la base de vuestra vida en común».

–Nunca he tenido relaciones sexuales con una mujer embarazada –murmuró él antes de rozarle los labios con los suyos.

–Menos mal –dijo ella fingiendo que se sentía aliviada.

Él levantó la cabeza y la miró a los ojos.

–No quiero hacerte daño, Hannah.

–Soy dura –respondió ella con sinceridad, aunque se refería al plano físico, no al emocional. Porque, cuando él la miró de aquella manera, sintió un profundo anhelo que le era desconocido. Pero era indudable que podía sentirlo en su noche de bodas. Sin duda, solo por esa vez, podría dejar entrever toda la pasión que escondía en su interior esperando a que la dejaran salir–. Abrázame, Kulal –dijo con voz temblorosa–. Acaríciame.

A él se le endurecieron las facciones al mirarla, pero, de repente, comenzó a besarla en la boca con un deseo que parecía reverberar el suyo, y ella comenzó a sentirse muy excitada. Y aunque no tenía mucha experiencia, no le importó a ninguno de los dos. Ya no, porque era su esposa y tenía la libertad de acariciarlo sin inhibiciones. ¿Por qué iba a ser tímida cuando llevaba a su hijo en el vientre?

–¡Oh! –exclamó ella cuando comenzó a acariciarle los senos.

–Tienes unos senos magníficos –afirmó él con voz ronca.

–¿No te parecen demasiado grandes?

Él se rio.

–¿Qué pregunta es esa?

No era el momento de reconocer que las revistas de moda que Tamsyn le prestaba la hacían sentirse como un fenómeno de feria con exceso de curvas. Él bajó la cabeza para lamerle los pezones. Ella se estremeció cuando le acarició el vientre. Esperaba que él dijera algo sobre el bebé, pero no lo hizo, y ella se dijo que era una estupidez sentirse decepcionada, pensar que, si aquella noche de bodas fuera «normal», él lo habría mencionado.

Sin embargo, ¿para qué iba a pensar en lo que no decía cuando sus dedos se habían introducido entre sus muslos abiertos y comenzaban a acariciarla y a frotarle su centro húmedo y caliente? Ella empezó a moverse inquieta, porque su deseo se intensificaba.

No podía quedarse tumbada sin hacer nada. En las noches que había pasado sola al otro lado del palacio, había leído a escondidas un libro sobre la satisfacción sexual en el matrimonio, cuyos consejos pensaba llevar a la práctica. Pero, cuando reunió el valor para deslizar la palma de la mano por la enorme erección que le presionaba el vientre, Kulal separó su boca de la de ella y negó con la cabeza antes de apartarle la mano.

—No —dijo con severidad.

—¿Por qué no?

—Porque estoy a punto de alcanzar el clímax y quiero llegar cuando esté dentro de ti —dijo con voz casi tierna mientras ella ocultaba el sofocado rostro en su cuello—. Creo que no es el momento de sonrojarse, ¿no te parece, Hannah?

Ella recordó que una vez le había dicho que le gustaban sus sonrojos, pero eso había sido hacía mucho tiempo, cuando él creía que ella desaparecería de su vida al cabo de unas horas. Si hubiera podido ver el futuro, si hubiera sabido que aquella única noche en Cerdeña terminaría con ella de reina en aquel palacio, ¿habría tenido relaciones sexuales con ella?

Claro que no.

¿Y ella?

Lo absurdo era que ella no se arrepentía de aquella noche, y no solo porque Kulal la había introducido al placer sexual, sino porque ya sentía mucho amor por la nueva vida que crecía en su interior, por lo que, ¿cómo iba a arrepentirse?

—Hannah —dijo él como si se hubiera dado cuenta

de que estaba a muchos kilómetros de allí–. Presta atención.

Con una sonrisa tímida, ella abrió la boca para que la besara y fue entonces cuando sintió el extremo de su masculinidad empujando suavemente. Lanzó un grito ahogado cuando la penetró.

–Sin protección –dijo él con un suspiro de alegría–. Solos tú y yo, sin nada que se interponga entre nosotros.

Sus palabras pretendían ser eróticas, pero Hannah se sintió emocionada cuando él la llenó por completo y comenzó a moverse. Se había preguntado si notaría algo diferente al hacer el amor estando embarazada, pero la gozosa verdad era que la sensación era maravillosa, incluso mejor que la de la noche en Cerdeña. Era, desde luego, más íntima.

Se aferró a él cuando las embestidas se hicieron más profundas y comenzó a sentir la proximidad del clímax. Pero lo estaba besando tan apasionadamente que se le presentó de modo furtivo y, cuando el placer estalló, gritó su nombre y la palabra reverberó por la gran habitación sonando como una oración. ¿Fue producto de su imaginación la repentina tensión del cuerpo de él antes de seguir moviéndose hasta alcanzar su propio clímax?

Después esperó que él dijera algo porque desconocía cuál era el protocolo para después del sexo, sobre todo en el caso de un hombre y una mujer que se habían visto obligados a casarse. ¿Deberían comportarse como si ese día no hubiera pasado nada? ¿Debía explicarle que la vulnerabilidad con la que había gritado su nombre no significaba nada? Esperó que la abrazara, pero, en lugar de eso, se separó de ella para tumbarse de espaldas, con la respiración aún agitada.

–Creo que… –se aclaró la garganta–. Hoy ha salido todo bastante bien, ¿no te parece?

Una batería de respuestas rondaba la cabeza de Kulal, pero tardó en elegir una. ¿Debería decirle que no había sentido nada, fuera del deber cumplido, al intercambiar los votos? Aunque la realidad era que se había sentido muy cómodo, porque estaba familiarizado con el distanciamiento y le gustaba la barrera que creaba entre el resto del mundo y él. Esa parte había salido según el plan y después, en el banquete, había recibido las felicitaciones de los jeques y sultanes de las regiones colindantes, sabiendo que su linaje real tendría continuación.

Pero al llevar a su esposa a la cama…

Tragó saliva.

Cuando le había quitado el vestido de boda y dejado al descubierto su carne, que había florecido desde la última vez que la había visto y lo había acogido con tanta ansia, no se había sentido tan distante. Se dijo que era porque nunca había tenido relaciones sexuales sin protección con una mujer y que, por eso, se había sentido tan…

¿Cómo?

Como si nunca se hubiera notado tan cercano a una mujer, lo que era verdad en cierto modo, ya que siempre había utilizado la obligatoria protección de látex.

¿Por eso se había sentido tan vivo y vital, con el corazón latiéndole como si se le fuera a salir del pecho? Había sido la mejor experiencia sexual de su vida, pero era innegable que su reacción podía complicársela, sobre todo si Hannah se hacía una idea equivocada. No quería que ella creyera que su extasiada reacción significaba algo más que un maravilloso clímax.

Porque eso era lo único que había sido.

Lo único que siempre sería.

Reprimió un suspiro. Cuando se había enterado del embarazo, había decidido quedarse con el niño y que tendría sentido que Hannah estuviera con él. Sería todo más fácil. Sin embargo, aunque estaba dispuesto a ser razonable para conseguir que se quedara, no iba a mentirle, porque las mentiras se introducían en la vida de la gente como un veneno y oscurecían todo lo que tocaban. Y la primera mentira era la más peligrosa, el suave golpecito que tiraba la fila entera de las fichas de dominó.

—Mejor de lo que me esperaba —dijo él volviendo la cabeza para mirarla—. Creo que ha cumplido su propósito, ¿no te parece?

—Ah.

Su voz sonó apagada y él no tuvo que verle el rostro para notar su decepción, evidente por el repentino hundimiento de sus hombros y la forma en que comenzó a morderse el labio inferior. ¿Deseaba secretamente que él adornara el día con un romanticismo inexistente? ¿O intentaba hacer que se sintiera culpable, aunque sabía desde el principio cómo estaban las cosas?

—¿Qué querías que te dijera, Hannah? ¿Que ha sido el mejor día de mi vida?

—Claro que no.

Vio la confusión en sus ojos, y la furia que lo invadió al notar que volvía a sentirse culpable lo impulsó a decirle:

–¿Crees que casarme, que era algo que no deseaba, me produce placer?

Eran palabras duras, pero sinceras. Él creyó que ella se apartaría y se quedaría temblando, llena de resentimiento. ¿No era eso lo que quería que ella hiciera? ¿No quería trazar una línea en la arena que ella no se atreviera a cruzar?

Sin embargo, ella siguió mirándolo, con aquellos grandes ojos azules, como si estuviera reuniendo el valor de decirle algo que no le gustaría oír.

Ella carraspeó.

–¿Así que estás en contra del matrimonio por principio?

Kulal apretó los labios. No quería oír esa pregunta que le habían hecho un millón de veces mujeres que intentaban ligar con él y a las que siempre había bajado los humos de forma fría y tajante. Pero Hannah no era una de ellas. Era su esposa. Había tenido éxito donde otras habían fracasado.

–De un hombre de mi posición se espera que se case. Pero no me urgía. Para alguien que no cree en el amor, es un ejercicio académico sentar la cabeza para formar una familia en el momento óptimo.

–¿Y cuándo consideras que sería el momento óptimo?

–¿Nunca?

–Hablo en serio, Kulal.

Él se encogió de hombros.

–Tal vez dentro de quince años, cuando hubiera cumplido los cincuenta y se me hubieran pasado las ganas de juerga.

–¿Así que esta boda que no deseas y que ha tenido

lugar antes de tiempo va a impedirte tener cientos de relaciones distintas?

—Soy selectivo, Hannah —dijo él con gravedad.

—Pero, todas esas oportunidades que no podrás explorar, ¿no te llenarán de resentimiento?

Kulal frunció el ceño, desconcertado. Era ella la que debía estar resentida, no darle la vuelta a la tortilla y dedicarse a interrogarlo.

—No tengo intención de serte infiel, si es lo que quieres decir. Me opongo totalmente a la infidelidad, a pesar de que muchos de mis iguales creen que tienen derecho a tener una amante.

Él observó su rostro sorprendido.

—Me parece que no debería estarte agradecida simplemente porque me has dicho que cumplirás los votos matrimoniales, pero la verdad es que lo estoy. Y también siento cierta curiosidad.

Él se percató de que, si la conversación continuaba, se adentraría en un terreno inseguro.

—¿Sobre qué?

—Me has dicho que no quieres amor.

—En efecto.

La sábana arrugada apenas le cubría a ella los blancos senos. Tenía los ojos muy brillantes.

—Entonces, ¿por qué te importaría incumplir los votos matrimoniales si te encapricharas de otra mujer?

Él estuvo a punto de decirle que estaba tan cautivadora en ese momento que dudaba que otra mujer pudiera gustarle más.

Sin embargo, recordó.

Intentaba no hacerlo, pero a veces los recuerdos parecían provenir de la nada y lo golpeaban con fuerza. Sintió el dolor recorriéndolo de arriba abajo y se puso tenso.

—Si hubieras tenido unos padres como los míos —afirmó con amargura—, lo entenderías.

—¿Cómo voy a entenderlo si no me lo cuentas, Kulal? —susurró ella—. Si lo entendiera, tal vez podría ayudarte. Puede que hayas olvidado que yo me crie con una familia de acogida disfuncional, que no era cariñosa en absoluto, así que no creo que nada de lo que digas me vaya a sorprender.

Él observó su rostro entusiasmado, su deseo de ayudarlo, que lo conmovió, aunque apartó de sí ese sentimiento con rapidez. ¿Creía ella que era así de sencillo?, ¿que contárselo lo liberaría de los demonios que llevaban tanto tiempo en su corazón, de su tortura secreta e impotencia? No le concedería ese poder, pensó con determinación. Ni a ella ni a nadie. ¿Acaso no se lo había prometido a su hermano?

—Además —dijo ella con voz esperanzada y mirándolo a los ojos—, ahora que estamos casados, ¿no debemos contarnos esas cosas?

Se produjo un silencio de unos segundos, antes de que Kulal se pusiera en movimiento.

—No —contestó mientras apartaba la sábana de su cuerpo desnudo—. No quiero esa clase de matrimonio. Te lo dije desde el principio. ¿No me prestaste atención, Hannah? ¿O creíste que me harías cambiar de opinión en cuanto estuviéramos casados? ¿Pensaste, como tantas otras mujeres piensan equivocadamente, que solo era cuestión de tiempo y proximidad que me desdijera de mis palabras? En ese caso, me parece que te adelantaste un poco y que eres una insensata.

Su voz se volvió aún más dura.

—¡En mi cultura, no vamos pregonando los pensamientos y sentimientos más íntimos como si la vida fuera una larga sesión de terapia!

—No era mi intención ser indiscreta —dijo ella en voz baja—. Solo intentaba ayudarte.

—Pues no lo hagas, porque es perder el tiempo. El pasado no es asunto tuyo, Hannah. Será mejor que lo aceptes o esto no funcionará. Te seré fiel y nuestro hijo tendrá todo mi apoyo. Y estoy dispuesto a que este matrimonio funcione dentro de los límites que hemos establecido.

—Que has establecido, querrás decir.

Él se encogió de hombros.

—Soy el rey. Lo siento, pero así son las cosas aquí. Soy bastante razonable, y todo lo que me pidas será tuyo, dentro de un orden. Pero no me vuelvas a pedir eso, por favor.

Se produjo un silencio mientras ella lo escrutaba como si esperara un milagroso cambio de opinión. Kulal notó el momento exacto en que apareció en sus ojos la resignación.

—Y con eso se da por terminada la conversación, ¿verdad?

Él asintió mientras se levantaba de la cama.

—Sí. Es hora de que te duermas.

—Pero… —ella se sentó en la cama y la sábana se le resbaló hasta la cintura dejando al aire sus seductores senos—. ¿Dónde vas?

Él contempló la alarma en sus ojos, pero años de práctica le habían endurecido el corazón. ¿Creía ella que iba a quedarse allí tumbado, noche tras noche, mientras lo acribillaba a preguntas, arruinando los momentos somnolientos de intimidad poscoital? ¿Debería contarle los motivos por los que no quería que lo amaran ni quería amar?

«No».

Y menos en su noche de bodas. Probablemente, nunca.

—Voy a dormir en la habitación de al lado. Es mejor así.

—¿Mejor?

—Es el protocolo real —dijo él con voz suave—. Es normal que el jeque y su esposa duerman separados, una costumbre que se estableció hace siglos. De todos modos, podemos tener relaciones íntimas —agarró la túnica—. Pero debes descansar, Hannah. Y voy a asegurarme de que lo haces.

Capítulo 10

HANNAH sabía mejor que nadie que había dos formas de enfrentarse a un problema. Al salir de la bañera, se inclinó hacia delante para que una doncella le echara una toalla por los hombros. Se podía aceptar el problema y aprender a vivir con él o se podía intentar solucionarlo. Ella se había pasado la vida tratando de hacer lo segundo.

Durante su infancia, cuando Tamsyn y ella tenían hambre, había buscado comida. Y, cuando la educación de ella se había resentido por tener que quedarse en casa, había estudiado sola. Incluso cuando su falta de cualificación la había hecho optar por un trabajo de camarera de hotel, que muchos considerarían falto de aspiraciones, había trabajado con ganas y había ascendido. La necesidad la había obligado a resolver los problemas.

¿No podía aplicar el mismo criterio a su matrimonio para hallar la forma de sacarlo de su estado de parálisis y convertirlo en algo con más sentido, a pesar de que Kulal estuviera resuelto a que solo existiera en el plano superficial? Tragó saliva. Lo que tenía no le resultaba suficiente.

Ni de lejos.

Tenía un esposo que estaba físicamente presente y emocionalmente ausente. Un hombre que estaba ocupado durante el día, y a veces por la noche, con las numerosas exigencias que le planteaban. A veces le hacía un hueco en su agenda y, durante un corto espacio de tiempo, a ella le parecía que de verdad compartía su vida, en vez de ocupar los márgenes de la misma. En aquellas ocasiones lo acompañaba a un banquete oficial, a la inauguración de un nuevo centro médico, o tal vez cenaban juntos. Sin embargo era la excepción a la regla. Solo tenía a Kulal verdaderamente para ella en la cama.

Suspiró mientras se secaba porque ni siquiera eso era cierto. Estar con él en la cama también estaba limitado temporalmente. Cuando habían satisfecho el deseo mutuo varias veces, él se iba a dormir a su habitación y se levantaba a las cinco de la mañana para montar a caballo por el desierto.

Ella lo sabía porque una vez, mucho después de que él se hubiera marchado de su lado, había oído un ruido y, al levantarse para investigar su procedencia, lo había visto en una de las antecámaras de la enorme suite que compartían. Ya se había quitado la camisa mojada de sudor e iba a bajarse la cremallera de los pantalones de montar cuando ella había irrumpido en la habitación. Él se había quedado petrificado.

Y ella también, porque verlo desnudándose la dejó abrumada y con el corazón latiéndole a toda velocidad. Lo veía desnudo todas las noches, pero a veces le parecía algo que había sido orquestado, por lo que aquella inesperada vista de él medio desnudo le había parecido increíblemente erótica. No había pretendido provocarlo cuando se pasó la lengua por los labios para humedecérselos, pero el aumento de la tensión del torso de Kulal le indicaba que a él se lo había parecido.

Su esposo le había examinado con avidez el cuerpo bajo el camisón transparente, antes de mirarla a los ojos.

—¿Te encuentras mal?

Ella negó con la cabeza.

—Me ha despertado un ruido.

Él le señaló la fusta, que se hallaba al lado de uno de sus pies, aún calzados con las botas.

—He debido de tirarla al suelo con demasiada fuerza.

Ella quiso preguntarle por qué, y también si podía saltarse las reglas y abrazarla y besarla allí y en aquel momento, por muy sudado que estuviera. Había contenido la respiración durante unos segundos, en los que esa situación podía haberse hecho realidad, a juzgar por cómo se le habían oscurecido los ojos a él y por cómo había apretado los labios. Pero había esbozado una sonrisa.

—Perdóname por haberte despertado.

—Me da igual.

—Pues no debería. Una mujer embarazada necesita dormir. Vuelve a la cama, Hannah.

El recuerdo desapareció cuando Hannah se inclinó para secarse los pies. Después se puso una túnica de seda. ¿Era eso lo que sucedía en una relación? ¿Siempre se aspiraba a algo más, con independencia de lo que se tuviera? ¿Y no existía el riesgo de que ella pusiera en peligro lo que ya tenían si se dejaba dominar por aquel deseo?

Así que se puso a contar las cosas buenas que poseía y a rogar que la gélida reserva de Kulal se deshiciera un poco.

Una mañana habían ido en avión al noreste de Zahristan, a su residencia real en la playa, donde se habían sentado a la sombra a contemplar el mar Murjaan mientras tomaban un refresco. El equipo de seguridad era enteramente femenino, por lo que Hannah pudo bañarse en la enorme piscina rodeada de palmeras. Había visto sonreír a Kulal al lanzar un grito de placer por la deliciosa sensación que le producía el agua en la piel.

—¿No quieres bañarte conmigo? —le preguntó con timidez.

Él había vacilado antes de decirle que tenía que llamar a Nueva York. La breve pausa había bastado para que se despertara en ella una leve esperanza, porque, en ese momento, él se había visto tentado por una intimidad que no se relacionaba con el sexo.

La esperanza tenía el problema de que, como un hierbajo, crecía de modo salvaje en cuanto se la estimulaba levemente. Hannah se preguntó si se lo estaba imaginando o si, en realidad, las visitas nocturnas de Kulal eran más largas. La noche anterior, estaba a punto de amanecer cuando él se había retirado a su habitación. Ella había abierto los ojos brevemente y lo había visto vestirse mientras anhelaba que llegara el momento en que se quedara con ella toda la noche.

No obstante, no se atrevía a pedírselo, después de la humillación de la noche de bodas. Además, se temía que semejante petición impulsara al orgulloso Kulal a hacer lo contrario.

Mientras tanto, su embarazo seguía adelante sin problemas. Cada día le crecía el vientre. La doctora del palacio estaba encantada con el progreso de Hannah, en las visitas regulares que le hacía, aunque Kulal nunca estaba presente.

—Sería inadecuado que el rey fuera testigo de exámenes tan íntimos —había dicho Kulal cuando ella le había pedido que la acompañara algún día.

Era un punto de vista anticuado, pero él lo era en muchos sentidos, a pesar de sus negocios con Occidente y su estilo de vida cosmopolita previo a su matrimonio. No parecía importarle que la ley real decretara que solo la doctora conociera el sexo del futuro bebé, aunque Hannah estaba deseando saber si sería niño o niña. A veces reflexionaba sobre lo diferente que era Zahristan del mundo en el que había crecido.

Sin embargo, y contra todo pronóstico, le gustaba y había encontrado allí una paz desconocida. Le gustaba la tranquilidad y la belleza de sus paseos por los jardines del palacio y beber té en el amplio patio de suelo de mosaico azul cobalto, que olía a gardenias. Le gustaba visitar los museos de la cercana ciudad de Ashkhazar, acompañada de una secretaria y dos guardaespaldas femeninas, aunque prefería no anunciar dichas visitas para que no se organizara mucho revuelo. Y le encantaba la enorme biblioteca del palacio, porque, por primera vez en su vida, tenía la oportunidad de leer y tiempo para hacerlo.

Le parecía mágico disponer de infinitas hileras de libros bellamente encuadernados en cuero. Comenzó a leer más sobre la historia de Zahristan, en parte porque quería tomarse en serio su papel de jequesa y, en parte, porque deseaba entender el país de Kulal y, de paso, a él. Leyó que procedía de una larga dinastía de reyes por parte de padre y que su madre había sido una princesa del país vecino, Tardistan. Pero parecía haber lagunas en las narraciones de la historia familiar, incluso en las publicaciones más modernas. Pero descubrió una corta biografía de Kulal, medio oculta en una estantería.

Había descripciones de su excelente expediente académico y de sus valientes hazañas cuando, siendo adolescente, había huido del palacio para luchar en la guerra contra Quzabar. Se narraba la enfermedad de su padre y la agitación política que se produjo antes de que Kulal ascendiera al trono, pero no se decía prácticamente nada de la temprana muerte de su madre, salvo que había sido trágica.

Y, si Kulal era el menor de los mellizos, no se explicaba por qué había ascendido él al trono en vez de Haydar, su hermano mayor. Hannah quería saberlo, pero su instinto le indicaba que no fuera indiscreta, que encontraría las respuestas que buscaba cuando Kulal y ella se acercaran más como pareja, lo cual ella trataba de favorecer pasando juntos más tiempo.

Se dio cuenta enseguida de que quedarse trabajando hasta tarde era una táctica evasiva que empleaba Kulal para evitar hablar con ella, salvo para preguntarle si le gustaba lo que le hacía. Recordó aquellos días lejanos en que charlaban en Cerdeña. ¿No podían volver a tener esas conversaciones intrascendentes, esa intimidad que no implicara que ella gritara de placer cuando la penetraba?

Se daba cuenta de que había comenzado a sentir por su esposo algo contra lo que él la había prevenido, algo peligrosamente parecido al amor, aunque creía que no era posible.

Pero algo había cambiado.

No estaba segura de cómo ni cuándo, porque no era lo obvio lo que había hecho cambiar sus sentimientos. No era su musculoso cuerpo, que la transportaba al cielo cada noche, ni el gobernante ante el que se inclinaban todos, sino el hombre en cuyos ojos a veces descubría un destello de vulnerabilidad. Ese era el Kulal que había atrapado su imaginación y su corazón. ¿Estaba equivocada al tratar de hacerse un pequeño lugar en el corazón de él?

Un ruido le indicó que Kulal había vuelto. El corazón comenzó a latirle a toda prisa.

—¿Hannah?

—Estoy aquí.

Él entró en el dormitorio y se sorprendió al verla sentada al escritorio frente a un libro abierto.

—¿No te has acostado?

—Ya ves que no —contestó ella sonriendo—. He preferido esperarte mientras leía —cerró el libro—. ¿Cómo ha ido la reunión con el sultán de Marazad?

Kulal estaba desconcertado porque no se esperaba que lo estuviera esperando levantada. La vista de su atractivo cuerpo hizo que la deseara con una pasión que no tenía visos de desaparecer, por muchas veces que la hiciera suya. Nunca le había ocurrido algo así. Desde la boda, había pasado todas las noches en sus brazos y aún no se había cansado. Había cancelado viajes al extranjero porque le parecía injusto abandonar a su esposa encinta en un país que desconocía, aunque ella no se había quejado. A pesar de haber pasado de camarera a reina, no se había mostrado dependiente de él, sino que le parecía…

Tragó saliva.

Le parecía irresistible.

La seguridad de ella en todo lo relacionado con el sexo había ido creciendo día tras día, hasta el punto de que él ya no sabía quién era el maestro y quién el alumno. Pero no solo destacaba en el sexo, sino que comprendía inmediatamente lo que era importante para él y lo que no; no decía cosas innecesarias y su interés por su trabajo no era fingido, sino auténtico.

Apartó esos pensamientos y contestó a su pregunta.

—Bien. Malik ha estado muy receptivo.

—Entonces, ¿crees que por fin está dispuesto a apoyar la energía solar?

Kulal frunció el ceño. No recordaba haber hablado de eso con ella. De todos modos, ¿qué hacía hablando de las fuentes de energía renovables cuando estaba allí únicamente para hacerle el amor?

—No tan dispuesto como yo a abrazarte —murmuró acercándose al escritorio y levantándola de la silla—. Deberías estar en la cama.

—Estaba leyendo.

—Es tarde.

—¿Y qué? Estoy embarazada, Kulal, por lo que duermo mucho. La doctora dice que estoy muy bien, y ahora no tengo sueño.

—Eso está bien, porque yo tampoco —le acarició la cadera y ella lanzó un suspiro.

—Quería hacerte más preguntas sobre la energía solar y... ¡oh!

Dejó de hablar cuando él le deslizó los labios por el cuello.

—Es de lo último que quiero hablar, Hannah. Prefiero concentrarme en esto —le subió el camisón para explorarle los muslos y llegó a su húmedo centro, que siguió explorando—. ¿Qué decías?

—No me acuerdo —gimió ella.

Él tampoco. El tacto y el sabor de ella eran tan

cautivadores que no pudo contenerse más. La tomó en brazos y la llevó a la cama, sin hacer caso de sus protestas sobre lo mucho que pesaba, porque, aunque ya estaba embarazada de seis meses, la transportaba con facilidad. Le apartó el camisón y pronto ella estaba pidiendo que la penetrara. Kulal no se hizo de rogar y la llenó por completo con una erección que nunca le había parecido tan dura. Con cada embestida llegaba más adentro. Le parecía que iba a estallar y que no había nada más en el mundo que aquella habitación y aquella cama. Ella lanzó un grito ahogado y, casi inmediatamente, él se dejó ir también con un grito.

No sabía cuánto tiempo había estado tumbado encima de ella cuando se separó.

–Ha sido una calurosa bienvenida –dijo.

–Me alegro.

–¿Dónde aprendiste a ser tan… receptiva? ¿O simplemente eres seductora por naturaleza?

–He leído algo –reconoció ella con timidez–. Pensé que una esposa sin experiencia te llevaría a los brazos de otra, si no tenía cuidado.

La inesperada sinceridad y la humildad de su respuesta le hicieron latir dolorosamente el corazón.

–Pero te he prometido que te seré fiel.

–Lo sé, pero…

Ella no acabó la frase y se encogió de hombros.

–¿Qué?

–No importa, de verdad –le rodeó el cuello con los brazos y lo besó en los labios–. Lo que importa es que disfrutes tanto de volver a casa por la noche como yo de que lo hagas.

–Me gusta volver, desde luego. Ahora –bajó la voz–, ¿por qué no te quitas el camisón, que, con la prisa que tenía por estar dentro de ti se me ha olvidado quitarte?

La ayudó a hacerlo, pero se demoró en desvestirse para alejarse de la intimidad que se estaba desarrollando entre ellos. Instintivamente, recorrió con la punta de los dedos la cicatriz que se le extendía desde un pezón hasta el vientre. En su momento, no había notado el alfanje penetrarle en el cuerpo porque tenía la adrenalina disparada. A veces, también se sentía así cuando estaba en la cama con su esposa.

Había prevenido a Hannah sobre lo que toleraría y lo que no en su matrimonio, pero no esperaba que aceptara con tanta facilidad sus exigencias, sino que se rebelara. Sin embargo, había frustrado sus expectativas.

No se había enfadado ni le había rogado que pasara toda la noche con ella. Ni tampoco le había dicho lo que ella quería, sino que se había adaptado a la vida de palacio como si hubiera nacido para ella. Según le informaban sus secretarios, pasaba el día tranquilamente, en los jardines o en la biblioteca, y de vez en cuando iba a la ciudad.

—Kulal —dijo ella con voz suave.

—¿Qué? —se quitó la túnica y se metió en la cama.

—Quiero…

—¿Qué quieres, Hannah?

—Besarte.

¿Cómo podía rechazar una petición tan inocente? ¿Acaso porque detectaba una emoción indefinible en sus suaves palabras? Mientras inclinaba la cabeza para ir al encuentro de sus labios, se dijo que solo era un beso, pero, al cabo de unos segundos, volvieron a tener sexo. Si ella no hubiera estado embarazada, hubiera hecho que cabalgara sobre él como un vaquero que montara un potro salvaje, para demostrarle que aquello solo era físico.

Pero, de no ser por su embarazo, no estaría allí, se dijo mientras alcanzaba el clímax. Y ese fue su último pensamiento coherente antes de caer dormido.

Al volver a abrir los ojos vio a Hannah sirviendo café solo en dos tazas. Se sentó en la cama y frunció el ceño al observar que los rayos de sol se colaban por las contraventanas.

—¿Qué hora es?

—Casi las nueve —contestó ella acercándose con una taza en la mano—. Has dormido más de lo habitual.

¿Eran imaginaciones suyas el tono de triunfo que creyó percibir en su voz y la expresión de satisfacción de su rostro?

—¿Por qué no me has despertado? —preguntó mientras apartaba la sábana y observaba que ella dirigía la vista a su excitada entrepierna, antes de mirarlo a los ojos—. Sabes que me gusta montar a caballo antes del alba.

—Sí, pero dormías tan tranquila y profundamente que no he querido despertarte. Y he supuesto que uno de tus criados sacaría al animal.

—Con cuánta rapidez te has acostumbrado a tener criados —dijo él en tono seco—. Pero sabes que nadie ejercita a Baasif con tanta dureza como yo.

Vio que el color le subía a las mejillas y supo que ella no pensaba en montar a caballo. La excitación de su entrepierna aumentó.

Sin embargo, ella debía entender que el suyo no iba a convertirse en un matrimonio normal, en el que pasaran juntos cada momento del día. ¿Creía ella que iba a renunciar a montar al amanecer y que se volvería sedentario y engordaría?, ¿que iba a quedarse en la cama con ella, bebiendo café y tomando bollos? Frunció el ceño mientras agarraba la túnica.

—¿Por qué no te tomas el café?

Sus palabras le parecieron el beso de la muerte.

—No quiero café.

Se puso la túnica mientras ella lo miraba decepcionada. Pero sería tolerante y no la reprendería por obligarlo a hacer algo que le había dicho que no deseaba, porque era culpa suya haberse quedado dormido. Pero no volvería a suceder. Nunca más se despertaría y contemplaría una escena doméstica, con ella mirándolo con aquellos ojos de gacela que lo hacían sentirse atrapado.

Creyó que ella se comportaría con sensatez y dejaría que se fuese. En cambio, cruzó la habitación y se situó frente a él. Levantó la mano y le acarició la mandíbula con el pulgar como si quisiera comprobar cuánta barba tenía a primera hora de la mañana.

—Kulal…

Él se apartó de su mano.

—Espero que esto sea urgente, Hannah.

Ella respiró hondo como si no lo hubiera oído.

—¿Tienes que marcharte todas las noches de mi cama, como si yo fuera tu amante en vez de tu esposa?

Él enarcó las cejas y trató de hacerse el gracioso.

—¿No crees que eso le añade picante a nuestra relación?

—Tú eres el único picante que necesito —afirmó ella.

—¿No hemos hablado ya de eso?

—Sí, pero podríamos revisar algunas cosas.

—¿Como cuáles?

Ella se encogió de hombros.

—Me gusta despertarme a tu lado —dijo ella con timidez—. Como también me gusta que me hayas tenido abrazada toda la noche.

Él frunció el ceño.

—¿Te he tenido abrazada toda la noche?

—¿No te acuerdas? Pues sí. Y me has murmurado palabras en medio de la noche —sonrió—. No sabía lo que significaban, pero parecían…

Él alzó la cabeza bruscamente.

—¿Qué parecían?

—Nada —respondió ella rápidamente, como si se hubiera dado cuenta de que no era sensato proseguir con aquella conversación.

Pero era demasiado tarde porque Kulal recordó algo que ella le había susurrado al oído cuando estaba en su interior.

«Kulal, te quiero. Kulal, te quiero mucho».

¿Había sido esa su respuesta a las palabras de él, que probablemente solo hubieran sido un elogio de su capacidad de hacerlo llegar al clímax con tanta frecuencia? ¿Las había malinterpretado ella y había visto la oportunidad de decirle que sentía lo que él le había dejado muy claro que no deseaba que sintiera?

La ira se apoderó de él mientras examinaba a Hannah. ¿Creía ella que todo había cambiado de repente porque eran sexualmente compatibles y podían cenar juntos de vez en cuando sin discutir?

—¿Qué es todo esto, Hannah?

Ella echó a andar por la habitación moviendo los hombros como si quisiera quitarse un peso de encima.

–He leído algunas cosas sobre tu infancia, aunque había muchas lagunas en la información.

–¿Y?

–Y he visto que probablemente tuviste que aprender a ser independiente porque tu madre murió cuando eras muy pequeño y tu padre viajaba mucho. Pero entiendo qué significa ser independiente, porque también yo tuve que madurar deprisa.

–¡Basta!

–Por favor, Kulal. Déjame hablar.

–Te recomiendo que no digas nada más, ya que tengo que ducharme, vestirme e ir a ver a mis consejeros.

Pero ella prosiguió como si él no hubiese hablado. Y Kulal pensó en lo valiente que era la en otro tiempo camarera para no hacer caso de los deseos del rey.

–No te pido lo imposible –dijo ella con el mismo tono de voz suave–. Solo que te relajes y que sea lo que tenga que ser. Que no te vayas de la cama en cuanto hayamos tenido relaciones sexuales –se aclaró la garganta y le dedicó una sonrisa esperanzada–. Nunca te había visto tan feliz como cuando dormías esta mañana

Tal vez lo hubiera convencido si no recordara lo que ella le había susurrado esa noche. Kulal pensó que todo sería más fácil si fingía no haberlo oído. Pero sabía que, cuando esa frase salía de la boca de una mujer, la repetía. Tal vez no de forma inmediata, pero llegaría un momento en que ella confundiría la pasión o la amabilidad con otra cosa. Entonces, volvería a decir esas palabras esperando que él también las pronunciara.

Y eso nunca sucedería.

–¿Te has enamorado de mí, Hannah? –le preguntó en voz baja.

Ella respiró hondo y él vio en sus ojos un destello de esperanza.

–Sí –musitó ella–. He intentado con todas mis fuerzas no hacerlo, pero ha sucedido casi sin darme cuenta. Te quiero, Kulal. Te quiero mucho.

Kulal la miró. Tenía los ojos brillantes de pasión y estaba sofocada de la emoción.

Era su esposa.

Y le acababa de decir que lo quería.

Sintió la cólera corriéndole por las venas.

–¿Qué quieres que te diga, Hannah? –le preguntó con desprecio–. ¿Que yo también te quiero? Pues, hazme caso, eso no ocurrirá jamás.

Capítulo 11

HANNAH fijó la vista en la mirada glacial de Kulal y deseó fervientemente poder dar marcha atrás, retirar lo que había dicho casi sin darse cuenta.

¿Por qué lo había hecho? ¿Por qué se había permitido declararle su amor cuando sabía con certeza que él no lo deseaba?

Porque no había podido seguir ocultándoselo. Se le había escapado la noche anterior, cuando estaban haciendo el amor, y era comprensible, ya que ella se hallaba en pleno orgasmo. Pero esa excusa no valía para habérselo dicho de nuevo. Sin embargo, no había podido contenerse.

—Mi amor es incondicional, Kulal —rectificó rápidamente—. No espero nada a cambio, de verdad. Podemos seguir como hasta ahora y olvidar lo que he dicho.

Kulal negó con la cabeza al tiempo que apretaba los labios con cinismo.

—Debes entender que la vida no es así. Lo has cambiado todo, y no va a volver a ser como antes. Nuestra relación será cada vez más unilateral y tú querrás más —hizo una pausa—. Más de lo que nunca podré darte.

—Kulal…

—¡No! —exclamó fulminándola con la mirada—. Puede

que haya llegado el momento de que oigas la historia entera y, entonces, tal vez lo entiendas. ¿Quieres saber por qué hay tantas lagunas en la información sobre mi infancia?

Su tono la asustó, pero Hannah apretó los puños.

—No, si es que no quieres contármelo.

—¡Claro que no quiero! Preferiría no tener que volver a pensar en ello en toda mi vida. Pero me has acorralado. Eso a las mujeres se os da muy bien. Presionáis y presionáis hasta que es imposible escapar —su expresión era casi salvaje—. Así que tal vez haya llegado la hora de que sepas cómo fue mi infancia.

Hannah se obligó a sentarse en una silla, se puso las manos en el regazo y lo miró.

—Muy bien —musitó.

Se produjo un silencio durante unos instantes, un silencio tan profundo que ella se preguntó si él había cambiado de opinión. Pero Kulal comenzó a hablar con voz gélida.

—El matrimonio de mis padres fue como muchos otros matrimonios reales de la región: un matrimonio tradicional destinado a unir dos grandes dinastías de países vecinos. Después del nacimiento de sus dos hijos, mi padre tuvo amantes, pero siempre se comportó con discreción. Y aunque te parezca horrible, Hannah, así eran las cosas en aquellos tiempos. Los reyes y príncipes siempre se han saltado las normas fundamentales que rigen las relaciones. La diferencia está en que mi madre se negó a aceptarlo. No deseaba esa clase de matrimonio, sino una unión romántica, que no estaba prevista.

—¿Y qué pasó? —preguntó ella al ver que se había quedado callado.

Él hizo una mueca.

—El amor que ella afirmaba profesar a mi padre se convirtió en una obsesión. Hizo todo lo que estaba en su mano para llamar la atención de él. Era su sombra. Dondequiera que él mirara, la encontraba. Recuerdo que se pasaba horas frente al espejo cambiando de aspecto para ser la mujer que creía que él deseaba. Una vez, incluso buscó y atacó a una de sus amantes arañándole el rostro. Se necesitó mucho dinero para ocultarlo. Y es paradójico que su necesidad no solo alejara a mi padre de ella, sino que la cegara hasta el punto de no ver a ninguno de los que la rodeábamos. Mientras intentaba ganarse el corazón de mi padre, descuidó las necesidades de sus hijos.

—¿Te refieres a ti?

Él asintió.

—Sí, pero sobre todo a mi hermano mayor, Haydar. Yo me fui a luchar en la guerra contra Quzabar para huir del ambiente envenenado del palacio —su voz se volvió más amarga—. Ahora me reprocho mi cobardía.

—¿Tu cobardía? ¿La de un adolescente que fue condecorado por su valor en la guerra y cuyo cuerpo aún muestras las cicatrices?

—Sí, porque Haydar siguió aquí y fue el más afectado por el comportamiento cada vez más extraño de mi madre.

—Parece que estaba deprimida.

—Claro que lo estaba.

—¿La vio un médico?

—Sí —Kulal comenzó a andar distraídamente por la habitación, pero, cuando se detuvo y se volvió hacia ella, sus facciones se habían convertido en una máscara sombría–. Pero solo se puede ayudar a alguien si desea que lo ayuden, y ella no lo deseaba.

–¿Qué paso? –susurró ella.

–Es habitual que una familia normalice un comportamiento extraño y eso fue lo que hicimos. Cada uno de nosotros vivía con él lo mejor que podía. Y el tiempo fue pasando. Lo que sucedió después lo sé porque me lo contaron. Las cosas habían empeorado. Ella se negaba a salir de su habitación. Para entonces, mi padre había renunciado a sus amantes y trataba de enmendar la situación, pero ya era tarde. Haydar fue a enseñar a mi madre un trozo de madera que había tallado con la forma de uno de los pájaros que vuelan en los jardines del palacio cuando la encontró…

Se le quebró la voz y Hannah supo que había ocurrido algo inconcebible.

–¿Kulal? –dijo con suavidad.

–Estaba muerta.

Hannah vio que su piel aceitunada palidecía, pero, una vez que había empezado, no podía parar de hacerle preguntas, porque le daba la impresión de que Kulal llevaba la vida entera reprimiendo todo aquello, de modo que había fermentado en su interior como un lento veneno. ¿Aquella confesión no podría librarlo de sus demonios, aunque perjudicara la relación entre ambos?

–¿Cómo murió?

Lo miró a los ojos. Estaban vacíos, como si la luz los hubiera abandonado para no volver.

–Se cortó las venas –dijo.

No se detuvo al oír el grito de Hannah y añadió con voz temblorosa de la emoción:

–Después fue embadurnando las paredes de sangre con el nombre de mi padre. Así la encontró Haydar.

Se hizo un terrible silencio.

Hannah se llevó la mano a la boca, que le temblaba, y transcurrieron varios minutos antes de que pudiera hablar.

—Lo siento mucho, Kulal —susurró.

—Por supuesto que lo sientes —respondió él en tono glacial—. Todos lo sentimos. Mi padre casi se volvió loco por el sentimiento de culpabilidad y mi hermano se quedó destrozado. Fue lo que lo hizo abandonar Zahristan en cuanto cumplió los dieciocho años; lo que hizo que renunciara al trono, por lo que me vi obligado a ocupar su puesto de monarca, aunque soy el más joven y no quería reinar; lo que ha hecho que, en diecisiete años, no haya regresado —concluyó con amargura—. Por eso la información sobre la muerte de mi madre está incompleta, porque, no sé cómo, el palacio consiguió echar tierra sobre ella. Y la prensa era muy distinta en aquella época. Controlábamos más los medios de comunicación. ¿Entiendes ahora lo que me convirtió en el hombre que soy, Hannah?

Ella asintió.

—Sí —le temblaba la voz.

—¿Comprendes por qué no quiero tener nada que ver con el amor? —prosiguió él con la misma dureza—. Para mí, amor equivale a egoísmo. Es una palabra que a veces se contradice a sí misma, ya que se emplea para justificar comportamientos que nada tienen de amorosos. Si aceptas eso, Hannah, tal vez podamos continuar como hasta ahora. Si aceptas que nunca te querré y que no deseo que me quieras, estoy dispuesto a que nuestro matrimonio funcione lo mejor posible. Un matrimonio que está siendo sorprendentemente tolerable, dada la desigual procedencia de sus miembros.

Ella se dijo que no trataba de insultarla.

—¿Y si no lo acepto?

Él la miró con dureza.

—Entonces, tendremos problemas.

Hannah pensó que ya los tenían y que eran profundos. Si se hubiera dejado guiar por su instinto después de haber escuchado aquella terrible historia, habría abrazado a su esposo, le habría acariciado el cabello para consolarlo, porque se le daba bien consolar. Lo había hecho muchas veces con Tamsyn, cuando su hermana sollozaba contra su cuello, durante su triste infancia.

Pero Kulal rechazaba el consuelo. No quería afecto a no ser que fuera ligado al sexo. Y, de repente, Hannah se dio cuenta de que la confesión de su esposo tenía el poder de cambiarlo todo.

¿Se sentiría ella cohibida en su presencia? Si se mostraba muy tierna en la cama, ¿creería Kulal que estaba creciendo en ella un amor por él que podría rozar lo obsesivo, como en el caso de su madre? ¿Iba a tener que andar con pies de plomo cuando estuviera con él, por temor a que malinterpretara cualquiera de sus gestos?

Y a todo eso había que añadirle que ella era el centro de atención de la vida real.

¿Sería capaz de soportarlo?

Fue a abrir las contraventanas para que entrara la luz del sol. El dormitorio daba a la rosaleda, donde una hermosa fuente lanzaba chorros de agua. La belleza de la escena la entristeció. Solía sentarse en el balcón con un libro para disfrutar de la tranquilidad de la tarde, pero no consiguió imaginarse haciéndolo de nuevo, porque todo había cambiado. Se le habían abierto los ojos y no podía seguir fingiendo.

Antes soñaba despierta con su esposo y la esperanza de que su relación mejorara, aunque lo que anhelaba era que se enamoraran.

Pero eso no sucedería.

¿Cómo no iba él a huir del amor cuando su madre no se lo había demostrado ni a él ni a su hermano?, ¿cuando su madre se había burlado del amor al sacrificarse en el altar de sus sueños rotos?

—No sé si podré vivir así, Kulal.

—Gracias por tu sinceridad.

—Y, si no puedo, ¿qué pasará entonces?

Él frunció el ceño.

—Tendrás que ser más concreta.

Lo miró a los ojos y se atrevió a expresar en voz alta el temor que había sentido desde el principio.

—Si no puedo soportar esa vida, ¿intentarás impedirme que críe a nuestro hijo yo sola?

Kulal la fulminó con la mirada. Si le hubiera hecho esa pregunta unas semanas antes, la respuesta hubiera sido afirmativa y le hubiera dicho que utilizaría su riqueza y su poder para alejarla todo lo posible de la vida de su hijo y asegurarse de que se educara como un ciudadano de Zahristan, no como un occidental. Pero eso habría sido antes de conocerla mejor, de saber que el dolor de su pasado la había convertido en la persona que era.

Reconocía instintivamente que sería una buena madre y que sería un error separarla de su hijo.

Sin embargo, la alternativa le resultaba inaceptable. Era imposible que ella creyera que iba a dejar que educara a su hijo en Inglaterra, negando así sus raíces reales y todo lo que conllevaban.

—No lo sé. Es evidente que la mejor solución sería

que te quedaras aquí. Te he jurado fidelidad, y ahora entenderás por qué no voy a incumplir esa promesa. Si te conformas con la amistad y el respeto, además de con la química que existe entre nosotros, creo que nuestra vida en común será muy satisfactoria.

No le ofrecía la luna, pero al menos era sincero. ¿No le bastaría? Hannah se pasó la lengua por los labios. No lo sabía. Pero, si no aceptaba las limitaciones de su relación, iba a ser muy desgraciada. Y eso no podía permitírselo por el bien de su hijo ni por el de Kulal. ¿Cómo iba a causarle más dolor con todo lo que había sufrido?

Pero era peligroso hacer promesas que tal vez no pudiera cumplir, y lo que él le pedía era demasiado importante para contestar sin reflexionar. Aunque ella le había dicho que su amor era incondicional y que no quería nada a cambio, ¿qué pasaría si no era así, si anhelaba más de lo que él podía darle?

—No sé. Necesito tiempo para pensar.

—¿Cuánto?

Hannah lo miró a los ojos y, por primera vez desde que se conocían, se sintió su igual. Todo lo sucedido la había liberado de la inseguridad que llevaba tanto tiempo definiéndola. Alzó la barbilla con orgullo.

—El que sea necesario.

Él negó con la cabeza.

—No puede ser. Estás embarazada, por lo que necesitamos un plazo.

—¿Te parece razonable una semana?

—Depende. Sabes que no me hace gracia que vuelvas a Inglaterra.

—¿Temes que no regrese?

—¿Crees que te lo consentiría?

Lo cierto era que Hannah no deseaba volver a Inglaterra a reflexionar. Allí solo tenía a su obstinada hermana, de la que no había sabido nada desde la noche de la boda. Ya ni siquiera tenía casa propia.

–No, pero necesito paz y tranquilidad. Me gustaría ir al palacio de la playa.

–¿Sola?

–¿No se trata de eso?

Él asintió.

–Muy bien.

Hannah supuso que era una victoria, pero se sintió vacía. Las palabras de él parecían tan distantes como la fría expresión de su rostro, casi como si hubiera comenzado a separarse de ella. Tal vez fuera él quien, al final, tomara la decisión por los dos. ¿Y si, en el tiempo que estuvieran separados, decidía que no quería seguir casado? No había nada que le impidiera usar su poder para obtener la custodia de su hijo y volver a su vida de soltero. ¿Y no lo habría facilitado ella al pedirle un tiempo para pensárselo?

Pero ya era tarde para cambiar de idea, para cualquier cosa que no fuera ver a Kulal encaminarse hacia la puerta, sin sonreír, y cerrarla de un portazo sin mirar atrás.

Capítulo 12

HABÍA mucha tranquilidad a la orilla del mar Murjaan. El aire era casi luminoso y el sonido de las olas lamiendo suavemente la orilla de la playa poseía un efecto hipnótico. Todas las mañanas, Hannah abría las contraventanas para ver el azul del mar. Y se quedaba así durante unos segundos, disfrutando de aquella belleza elemental y respirando el aire limpio del desierto.

Había llegado al palacio de la playa acompañada de tres guardaespaldas femeninas, una comadrona y dos doncellas. Kulal pretendía que el séquito fuera mayor, pero ella se había mostrado firme, porque quería que todo fuera lo más normal posible y poder desplazarse sin que la molestara el protocolo. No había ido allí a ejercer de reina, sino a decidir qué futuro quería. Y la elección era difícil.

Vivir con un hombre que no podía quererla.

O limitarse a existir sin él.

Trató de imaginarse lo que sería volver a Inglaterra, cuando ya le costaba recordar su vida allí. Le parecía un país que había visitado hacía mucho tiempo y que estaba olvidando.

Por las mañanas se bañaba en la piscina y a última hora de la tarde paseaba por los jardines tropicales que rodeaban la casa. Pero se sentía observada, a pesar de que las guardaespaldas se mantenían a una prudente distancia.

Estaba inquieta y no podía concentrarse. No dejaba de pensar en las facciones de halcón de Kulal y en sus negros ojos, que podían brillar de pasión o parecer duros como el pedernal. Y eso la obligaba a pensar en lo frío que era en el plano emocional. Pero, para ser justa, también pensaba en otros aspectos de su carácter: su fuerza y su determinación para hacer lo correcto, aunque no fuera lo que deseara, su sinceridad y su valor. Y su instinto le decía que sería un buen padre, aunque no fuera un amante esposo.

¿Era suficiente?

¿Tendría que serlo?

Le resultaba difícil conciliar el sueño. Daba vueltas en la cama y echaba de menos a su esposo mucho más de lo que se había imaginado, porque era por la noche cuando más la asaltaban los recuerdos: su forma de abrazarla y besarla; cómo temblaba ella cuando estaba en su interior. A veces, se apretaba los senos con las manos deseando que fueran las de Kulal, antes de bajarlas con sentimiento de culpabilidad.

La quinta noche se despertó de madrugada, agitada y bañada en sudor. Se sentó en la cama y miró a su alrededor. Se quedó sin respiración al pensar que había oído un débil ruido. Distinguió una sombra moviéndose al otro lado de la ventana, pero desapareció tan deprisa que estuvo segura de habérselo imaginado. Se retiró un mechón de pelo húmedo de la frente y volvió a centrarse en los pensamientos que no se apartaban de su mente.

¿Podía volver a ser la que había sido y dejar de querer a Kulal o era pedir demasiado?

Por primera vez en su vida, se hallaba ante un problema sin solución, y la frustración que experimentaba le impedía volver a dormirse. Al final se dio por vencida, se levantó y se vistió. Por la ventana vio que empezaba a amanecer. Y se le ocurrió ir a contemplar la salida del sol en el desierto, porque, ¿no le había dicho muchas veces Kulal que ese era el mejor momento, cuando él salía a cabalgar en su caballo?

Garabateó una nota diciendo adónde iba, la metió por debajo de la puerta del equipo de seguridad, que dormía cerca de ella, y salió de puntillas del palacio. Se sintió libre al echar a andar hacia el desierto. Los fuegos artificiales de la primera luz del día comenzaban a explotar a su alrededor, y el cielo rosa presentaba trazos de amarillo, dorado y púrpura. Era muy hermoso.

Avanzó en línea recta con respecto a los jardines teniendo cuidado de no alejarse demasiado para no perderse. Pero, distraída por sus pensamientos, al cabo de un rato se dio cuenta de que ya no veía el palacio.

Se le desbocó el corazón.

Trató de tranquilizarse. Lo único que debía hacer era seguir sus huellas en la arena. Miró el reloj y frunció el ceño. ¿Tanto tiempo llevaba fuera? Apretó el paso, pero las huellas desaparecieron al cabo de poco tiempo, probablemente debido a la brisa marina.

Se maldijo a sí misma por no haber llevado agua, pero no había pensado quedarse mucho rato.

Elevó la vista al cielo y creyó ver un buitre volando en círculo. Comenzaba a notarse el calor, pero ella sintió un escalofrío porque se sentía insignificante y muy sola. Estaba preguntándose qué podía hacer cuando el sonido de las pezuñas de un caballo rompió el silencio. Vio que se acercaba un jinete. Un enorme caballo negro galopaba por el desierto levantando nubes de polvo.

Reconoció al jinete inmediatamente. La orgullosa postura y el cabello negro como el azabache solo podían pertenecer al jeque. Pero, cuando el caballo se aproximó más, lo único que Hannah vio fue la expresión furiosa del rostro de su esposo, que desmontó y la agarró de las muñecas como si temiera que se fuera a caer.

–Espero que no estés herida –dijo él entre dientes.

–Estoy bien.

–No, no estás bien. Estás loca, Hannah. ¿Qué has hecho?

–No podía dormir y he salido a ver amanecer.

–¿Y tu equipo de seguridad?

–Le he dejado una nota.

Él lanzó una maldición en su lengua nativa.

–¿No sabes lo peligroso que puede ser el desierto?

Ella se soltó de sus manos y se sacó el móvil de uno de los bolsillos de la túnica.

–He venido preparada –afirmó blandiéndolo.

Él hizo una mueca de desdén.

–¿Crees que eso te salvaría de la mordedura de una serpiente de cascabel o de la picadura de un escorpión?

De repente, Hannah se dio cuenta de que su ira no la causaban los peligros del desierto, sino otra cosa. Una sospecha comenzó a crecer en su interior hasta que fue incapaz de reprimirla. Y no debía hacerlo. ¿No era ya hora de enfrentarse a la terrible pregunta que, se temía, siempre rondaba por la cabeza de su esposo?

–¿Qué creías que estaba haciendo, Kulal?

Él se dio cuenta por su mirada de que sabía lo que pensaba, pero negó con la cabeza, porque no quería manifestar el miedo que lo envenenaba.

–Nada.

–¿Cómo? Eso no es una respuesta.

Y, de repente, Kulal se percató de que había pasado a ser ella la que acusaba.

–¿Creías que no podría soportar el futuro que me ofrecías y que había decidido tomar la salida más fácil? ¿Creías que iba a deambular por el desierto hasta morir? ¿Era eso lo que creías, Kulal?

Él no podía negarle que estaba en lo cierto.

–No sabía qué pensar.

–Claro que lo sabías –musitó ella–. Has pensado lo peor de mí porque eso es lo que la experiencia te ha enseñado. Pero no soy tu madre. Nunca me haría daño a mí misma ni al hijo que llevo en mis entrañas. ¿Qué tengo que hacer para convencerte?

Respiró hondo mientras negaba con la cabeza.

–Creo que debes dejar de culpar a tu madre de lo que pasó. No era mala, sino que estaba enferma, muy enferma. Y, como eran otros tiempos, esas cosas se ocultaban. La gente no hablaba de enfermedades mentales porque se consideraban algo vergonzoso. Pero eso no ocurriría ahora. Tu madre hubiera recibido tratamiento y tal vez estuviera aquí esperando el nacimiento de su primer nieto.

–Hannah…

–No he terminado, Kulal. Debes perdonarla y dejarla descansar en paz. No encontrarás la paz hasta que no lo hagas.

Él la miró a los ojos y observó en ellos un dolor y una consternación que habían borrado la esperanza que antes brillaba en ellos. Y se dio cuenta de que, al intentar protegerse, había puesto todo en peligro. Había ofrecido a Hannah una vida sin sentimientos y sin amor esperando que ella aceptara las migajas de afecto que estaba dispuesto a darle. Más aún, la había contemplado con un recelo que carecía de base.

¿Qué mujer en su situación no estaría harta de él y de su naturaleza controladora?

¿Sería demasiado tarde para enmendarse?

La tomó en brazos y la montó en el caballo, ante el asombro de Hannah. Se montó detrás de ella y le puso una mano en el vientre, a modo de protección, mientras con la otra agarraba las riendas.

—¿Qué haces, Kulal?

Sus palabras se perdieron en el viento del desierto mientras él cabalgaba a medio galope y notaba el calor de su cuerpo a través de la túnica. Y pensó en cómo se había sentido los cinco días anteriores sin ella. Y, de repente, tuvo miedo.

Miedo de que fuera tarde.

Miedo de haberla perdido por su arrogancia y su visión del mundo en blanco y negro.

El caballo se detuvo al llegar a una enorme tienda. Él desmontó de un salto y la tomó en brazos para dejarla en el suelo. La expresión de ella era agresiva, e implacable la mirada que le dirigió.

—¿Dónde estamos?

—En una tienda beduina, cerca del palacio.

—¿Por qué?

—¿Por qué no entramos y hablamos protegidos de este calor? Te daré algo fresco de beber.

—Muy bien.

Entraron y él le sirvió un refresco mientras ella contemplaba por primera vez un hogar tradicional del desierto. Él esperaba que se calmase y, en su cabeza, justificaba su comportamiento anterior y se decía que, si se mostraba más complaciente con ella, eso sin duda bastaría para contentarla.

Esperanzado, le dio el vaso, pero vio que se había equivocado, porque, una vez que ella se hubo bebido el refresco, lo fulminó con la mirada.

—¿Cómo sabías dónde estaba?

Kulal hizo una mueca. Así que no le estaba agradecida por rescatarla, sino que le saltaba directamente a la yugular.

—Llevo acampado aquí toda la semana. Mis criados están en tiendas cercanas y les he asignado la misión de vigilarte día y noche. He estado informado de tus movimientos todo el tiempo.

—¿Eso explicaría por qué me ha parecido ver una sombra en la ventana hace unas horas?

—Sí.

—Pero ya tengo guardaespaldas.

Él lanzó un profundo suspiro.

—Pero estos son nómadas del desierto que conocen el terreno mejor que nadie. Observan cosas que se le pueden escapar a un equipo de seguridad corriente.

Ella se llevó las manos a las mejillas. Estaba muy pálida.

—¿Así que me has estado espiando porque no te fías de mí?

—Más bien diría que te he estado protegiendo. Y visto lo que ha pasado, ¿no he hecho lo correcto?

—Querrás decir que has estado protegiendo a tu hijo.

—Y a ti. Protegerte es para mí fundamental, Hannah, porque te quiero.

Ella negó con la cabeza y le dio la espalda.

—No intentes manipularme con palabras que no son verdad.

–Claro que son verdad –dijo él, expresando por primera vez en su vida emociones que antes no se había atrevido a sentir, porque siempre las había asociado al dolor y la pérdida, y no quería volver a pasar por aquello.

Pero se daba cuenta de que no tenía elección: si quería que Hannah se quedara, tendría que conseguir que creyera que lo que sentía por ella era verdad, a pesar de lo mucho que lo asustaba.

–No he estado más seguro de nada en mi vida. Te quiero, Hannah. Te quiero mucho.

–¡No me mientas!

Nadie lo había acusado nunca de mentir, pero no era el momento de defender su reputación, sino de emplear la retórica persuasiva que tan bien se le daba, pero que ahora le costaba encontrar.

–No he conocido a una mujer como tú.

–¡Eso tampoco es verdad! –dijo ella con desprecio–. Estás rodeado de criadas. Y eso es lo que soy yo.

–No hablo de tu trabajo, sino de tu corazón, que es enorme. Eres la mujer más bondadosa y afectuosa que he conocido, Hannah, así como la más considerada.

–¿Te refieres a que soy sensata? –preguntó ella, aún dándole la espalda.

–Tus cualidades van mucho más allá. Eres leal, como me demostraste al decidir contarme a mí primero que iba a ser padre, cuando podías habérselo contado a la prensa.

Kulal respiró hondo.

–Y también tienes otras cualidades, y no me refiero a tu atractivo que me obliga a acariciarte constantemente.

–Kulal…

—Nunca he hablado con otra persona como hablo contigo, sobre las montañas, las arañas y...

—No trates de ablandarme con sentimentalismos.

—Hiciste lo mejor para el bebé al aceptar casarte conmigo y has intentado ser la mejor esposa posible. Y te lo he reprochado.

—Pues sí —susurró ella volviéndose hacia él, que se sorprendió al contemplar el brillo de las lágrimas en sus ojos.

—Tienes razón en todo aquello de lo que me acusas, salvo en la intensidad de mis sentimientos hacia ti. Supongo que el tiempo te lo demostrará; es decir, si me concedes ese tiempo.

La miró fijamente a los ojos.

—Me gustaría demostrarte que puedo ser el esposo que deseas y el amante que no cesará de hacerte suspirar de placer; demostrarte cuánto te quiero. ¿Me darás la oportunidad de hacerlo, Hannah?

Durante unos segundos, ella no contestó porque la emoción le impedía hablar. Se percató de que, en aquel momento, tenía el poder e intentó pensar en las condiciones que le pondría.

Pero, si pensaba en términos de igualdad y no de poder, no debía imponer condiciones, sino creer en su palabra, confiar en él. Era un riesgo que debía correr, porque, sin confianza, no habría nada: ni amor ni futuro.

Las lágrimas le caían por las mejillas, pero daba igual. Nada le importaba salvo la certeza que experimentó al lanzarse a sus brazos.

—Sí —se limitó a susurrar mientras lo besaba en la mejilla, húmeda también—. Te daré la oportunidad porque te quiero, Kulal, y sé que siempre te querré.

Epílogo

ME PARECE increíble que no me lo dijeras. Kulal se apartó de la balaustrada desde la que había estado contemplando el sol hundiéndose lentamente en el mar Murjaan, todo un espectáculo, desde luego, pero que no podía compararse con el de la belleza de su esposa.

–¿Decirte el qué? –preguntó mientras se acercaba a la hamaca en que se hallaba ella. Pero Kulal ya sabía la respuesta, al igual que ella, por lo que debía de haber una razón especial para que ella le volviera a preguntar.

–Que una mujer no podía heredar la corona de Zahristan, que para llegar al trono había que ser hombre.

Él, sonriendo, se sentó a su lado y la tomó de la mano.

–¿Habría influido en tu decisión de casarte conmigo? Si lo hubieras sabido, ¿habrías insistido en esperar hasta que el bebé naciera para ver si era niño o niña?

–Claro que no –contestó ella sonriendo a su vez–. Pero creía que tener un heredero era la razón principal de que me quisieras por esposa.

–Yo también –afirmó él llevándose la mano de ella a los labios y besándole los dedos, uno por uno–. Pero había algo tremendamente poderoso entre nosotros, que estuvo ahí desde el principio, aunque yo fuera un cobarde y me negara a reconocerlo.

—¿Y ya no lo eres? —le preguntó ella con una chispa de malicia en los ojos.

—No, Hannah, ya no.

—¿Y estás seguro de que no quieres tener más hijos, cariño?, ¿ir a por un niño? Yo estoy totalmente dispuesta.

—No, amor mío, cuatro hijas son suficientes.

—Pero…

—Soy muy feliz con mis cuatro hijas. El destino no nos ha dado un varón, y lo acepto. No voy a poner en peligro tu vida por una corona.

Hannah asintió. Los tres años que llevaban casados habían estado llenos de alegría y miedo. Pero la vida era así. Juntos se habían enfrentado al miedo y disfrutado de la alegría. Después del nacimiento de su primera hija, Kulal le había dicho que solo un varón podía heredar el trono de Zahristan. De todos modos, querían tener más hijos. El nacimiento de las trillizas los había emocionado enormemente, pero Hannah había estado a punto de morir en el parto, y Kulal le había pedido que ya no tuvieran más.

Ella le había preguntado quién heredaría el trono y él se había encogido de hombros como si no le importara y le había dicho que lo haría su primo, un buen hombre, si su hermano no tenía descendencia.

Y había añadido que lo único que le importaba eran ella y sus hijas.

Hannah había conocido a Haydar. El hermano mellizo de Kulal había vuelto por fin a Zahristan para la celebración del nacimiento de las trillizas. Era un hombre carismático, pero muy callado y reservado.

Ella hubiera querido darle un abrazo de bienvenida, pero no se había atrevido. Y había pensado en su hermana, cuya vida había dejado de intentar dirigir. Kulal le había dicho que ya era hora de dejarla marchar y ella le había hecho caso, a pesar de que le había costado dejar que siguiera su propio camino.

Uno de los mayores cambios en la vida de su esposo había sido el cambio de actitud con respecto a la muerte de su madre.

Después de haber reflexionado sobre lo que le había dicho Hannah, Kulal se había dado cuenta de que tenía razón. Había ofrecido una entrevista en exclusiva a un periódico nacional en la que había hablado con sinceridad sobre el suicidio de su madre y la necesidad de no ocultar los problemas de salud mental.

Y, por fin, había hallado la paz, como Hannah había predicho.

Hannah volvió la cabeza y vio que él la observaba.

–Parecías nostálgica hace un momento.

–Estaba pensando en todo lo que nos ha conducido hasta aquí.

–¿Y a qué conclusión has llegado?

Ella se desperezó y sonrió.

–La conclusión es que nunca he sido tan feliz y que no desearía que las cosas hubieran sido de otra manera.

Dejó de sonreír unos segundos mientras se imaginaba la existencia sin el jeque de facciones de halcón, las cuatro niñas y el voluntariado con niños huérfanos, que la llenaba de satisfacción.

–A veces tengo que pellizcarme para convencerme de que no estoy soñando.

–¿Ah, sí? Pues se me ocurre una forma más gratificante de reforzar el sentido de realidad que pellizcarte –murmuró Kulal mientras la abrazaba y la besaba en los labios–. ¿Crees que esto servirá?

–Creo que sí.

Él la besó largamente, antes de tomarla en brazos y llevarla al dormitorio. Siguió besándola mientras la desnudaba lentamente, la tumbaba en la cama y le repetía cuánto la quería.

–Yo también te quiero, Kulal –dijo ella temblando–. Mucho.

Y ya no hubo un rey y una reina, sino un hombre y una mujer haciendo el amor y hablando de amor, mientras una luna plateada se elevaba en el cielo del desierto.

*** *** ***

El próximo mes podrás conocer la historia de Xan Constantinides y Tamsyn Wilson en el segundo libro de la miniserie *Amor y riqueza* titulado:
EL BESO DEL GRIEGO

Ella es mía… ¿pero su inocencia hará que me cuestione todas mis reglas?

MÁS ALLÁ DE LA RAZÓN

Caitlin Crews

Yo nunca había deseado nada tanto como a la heredera Imogen Fitzalan. Me casé con ella para asegurar mi imperio, pero mi inocente esposa despertó en mí un innegable deseo. Un deseo tan abrasador no había entrado en mis planes, y sin embargo ahora tenía un nuevo objetivo: despojarla de su obediencia para reemplazarla con una feroz pasión que rivalizara con la mía…

Acepte 2 de nuestras mejores novelas de amor GRATIS

¡Y reciba un regalo sorpresa!

Oferta especial de tiempo limitado

Rellene el cupón y envíelo a
Harlequin Reader Service®
3010 Walden Ave.
P.O. Box 1867
Buffalo, N.Y. 14240-1867

¡Sí! Por favor, envíenme 2 novelas de amor de Harlequin (1 Bianca® y 1 Deseo®) gratis, más el regalo sorpresa. Luego remítanme 4 novelas nuevas todos los meses, las cuales recibiré mucho antes de que aparezcan en librerías, y factúrenme al bajo precio de $3,24 cada una, más $0,25 por envío e impuesto de ventas, si corresponde*. Este es el precio total, y es un ahorro de casi el 20% sobre el precio de portada. ¡Una oferta excelente! Entiendo que el hecho de aceptar estos libros y el regalo no me obliga en forma alguna a la compra de libros adicionales. Y también que puedo devolver cualquier envío y cancelar en cualquier momento. Aún si decido no comprar ningún otro libro de Harlequin, los 2 libros gratis y el regalo sorpresa son míos para siempre.

416 LBN DU7N

Nombre y apellido	(Por favor, letra de molde)
Dirección	Apartamento No.
Ciudad	Estado	Zona postal

Esta oferta se limita a un pedido por hogar y no está disponible para los subscriptores actuales de Deseo® y Bianca®.
*Los términos y precios quedan sujetos a cambios sin aviso previo.
Impuestos de ventas aplican en N.Y.

SPN-03   ©2003 Harlequin Enterprises Limited

DESEO

¿Serían capaces de fingir hasta llegar al altar?

El secreto del novio
ANDREA
LAURENCE

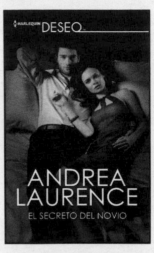

Para no asistir otra vez sola a la boda de una amiga, Harper Drake le pidió a Sebastian West, un soltero muy sexy a quien conocía, que se hiciera pasar por su novio. Fingir un poco de afecto podía ser divertido, sobre todo si ya había química, y nadie, ni siquiera el ex de Harper, podría sospechar la verdad. Lo que no se esperaba era que la atracción entre ellos se convirtiera rápidamente en algo real y muy intenso, y que un chantajista la amenazara con revelar todos sus secretos.

Bianca

Una tentación ilícita… un deseo demasiado poderoso como para poder negarlo

LA FORTALEZA DEL AMOR

Melanie Milburne

El amor era una debilidad que el millonario Lucien Fox no pensaba experimentar. Pero la seductora Audrey Merrington ponía a prueba su poderoso autocontrol. Dado que eran hermanastros, Audrey siempre había sido terreno prohibido, pero aun así su tímida inocencia representaba una irresistible tentación para el escéptico Lucien. Cuando un escándalo los obligó a unir sus fuerzas, Lucien propuso una solución temporal para saciar aquel incontenible anhelo: una completa y deliciosa rendición.